あなたに恋はしたくない

CHIHARU AYA
綾ちはる

CHOCOLAT BUNKO

ILLUSTRATION 北沢きょう

CONTENTS

あなたに恋はしたくない

1

ちらりと視線をテーブルの下に向けて腕時計を確認する。ちょうど五時を過ぎたところだ。早く帰りたい、と急《せ》く心を押し隠して相葉佑季《あいばゆうき》は笑顔を取り繕っていた。

目の前では、佑季の内心など知る由《よし》もない中年の女性記者がローテーブルに乗り上げそうな勢いで前屈《まえかが》みになっている。女性に、特にこの年代の女性に苦手意識のある佑季は、こめかみが引き攣《つ》りそうになるのを必死に抑《おさ》える。

「では、相葉先生の作品に毎回出てくるキーパーソンになる少年は、同じ人物をモデルにしてるんですね？」

最初は頑《かたく》なに拒否していた先生という敬称にも、もう慣れた。そう呼ばせるのも仕事の内だと割り切ることが出来るようになったのは、ここ二、三年のことだ。

佑季は腹の上で長い指を組み、鷹揚《おうよう》に頷《うなず》いて見せる。

「そうですね。作品によって多少異なった色づけはしますが、基本は同じ人物ですよ」

「新刊の少年も素敵でした。ミステリアスで儚《はかな》くて、でも芯《しん》は強くて。『僕は君の紡《つむ》ぎ出す言葉のようになりたい』って、あの台詞《せりふ》大好きです」

そんな風に雑な口調で口にして欲しくない。文章用に多少脚色はしてあるが、あれは大事な言葉なのだ。

微《かす》かな苛立《いらだ》ちを覚えながらも、佑季は「ありがとうございます」と笑みを濃くした。

「モデルの方って、まさか相葉先生の恋人とか想い人とかだったりするんでしょうか？　あの言葉は相葉先生が実際に言ってもらった台詞とか」

内心は僅《わず》かにどきりとしたが、表情筋はぴくりともしない。昔から、他人に対して感情を押し隠すのは得意だった。

「どうしてですか？」

「相葉先生の書かれる少年は幻想的なのに不思議なリアリティがあるからです。それに、作品を読んでいると、少年をとても愛していらっしゃるんだって伝わってきます。今回の新刊は顕《けん》著《ちょ》でした」

女性は物語における情緒《じょうちょ》面に敏感だ。そしてそれは物語の内側にのみでなく、時には外にも及ぶらしい。けれど、だからこそ佑季はこの手の質問に慣れていた。今まで幾度となく尋ねられてきたのだ。もっと直球に、ゲイなのかと訊《き》かれることさえある。もちろん、馬鹿《ばか》正直に答えたことは一度もなかった。

記者の目はらんらんと輝いている。どうやら仕事として訊いているだけではないらしい。

「実際のところ、どうなんです？　ここだけの話にしますから」

愛しているとも。この世界で唯一、佑季が心を傾ける存在だ。そんなことをこの場で言うはずもないが。

「さぁ……どうでしょう」

秘密です、と佑季は唇に人差し指を当てて微笑《ほほえ》んだ。

佑季は自分の笑顔が人に対してどんな効果を齎《もたら》すか、よく知っている。

猫のように少し吊《つ》り上った目はミステリアスな印象を与える。鼻梁《びりょう》が通っていて唇は薄く、手足が長くてスタイルもいい。

幼い頃から、モデルや俳優にならないかと、数えるのも馬鹿らしいほどスカウトされてきた。大手芸能事務所《おおてげいのうじむしょ》の社長が直々《じきじき》にやってきたことさえある。すげなく断ると、芸能界の損失だと大仰《おおぎょう》に嘆《なげ》いていた。

整いすぎた佑季の容姿は、普段、人を遠巻きにさせる。けれど微笑むと近寄りがたさが消え失せ、男女関係なく虜《とりこ》にしてしまうという側面も持っている。

案の定、つい先ほどまで誤魔化《ごまか》されないと嘯《うそぶ》いていた記者は、頬《ほお》を赤く染めて息を呑《の》んだ。

自分の笑顔が与えた充分な効果に内心で苦笑し、佑季は自然な振る舞いで壁時計に視線を向ける。

「……と、そろそろ時間ですね。早めに切り上げないと、撮影もありますよね?」

夢から覚めたように記者がはっと目を見開いた。

「やだ、ほんと。……残念だわ。もっとお話お訊きしたかったのに」

「僕もですよ。とても楽しかったです」

息をするように自然に、社交辞令が口をついて出る。

「先生。撮影の後、お食事でもどうですか？」

「すみません。同居人が待っているので」

笑顔のまま、けれど付け入る隙《すき》のない返事をする佑季に、記者が気を悪くした様子はない。それどころか、ふいに再び目に雑誌記者としての鋭さが戻る。

「恋人ですか？」

「……どうでしょうね」

佑季は虚を衝《つ》かれたように装って、目を丸くした。それからゆっくりと唇だけで笑う。

望む答えは出ないと一瞬で悟ったらしい記者は、少し惜しそうな顔をしたが、もうそれ以上追及してはこなかった。

もし佑季の言う同居人がインタビュー中に話題に上った人物だと知ったら、いったいどんな反応をされるだろうか。考えるだけで笑みが深くなる。

再び笑みに魅了《みりょう》された記者の「それではまた後日、お食事に」と尚も誘う言葉をそれとなく制して、隣の撮影スタジオに入った。

佑季のインタビューは常に撮影とワンセットだ。それゆえに、こういった仕事を受ける時は場所を撮影スタジオに指定していた。先方が外でと譲らない場合は断る。騒ぎになるのはごめんだし、団体での無駄な移動も好まない。

今日はたまたま一緒に現場に来ているが、本来なら出版社の担当編集者が帯同するような仕事もほとんど一人でこなす。スタンドプレーが好きなのは昔からで、仕事も人間関係も最小限に留めておきたい。

本当は、インタビューのたびに付随《ふずい》する撮影にも、内心嫌気が差している。記事よりも写真の方が大々的に掲載されている時さえあるのだ。女性誌などは顕著だった。出来上がりを見ると、自分は見世物ではないと苛立つ。

けれど、佑季自身が表舞台に立たされるのはデビュー当時からで、今さら嫌だとは言えない。また、そうすることによって自分に入る金銭の額が大幅に違ってくるのも自覚している。

今日はまだ正統派文芸誌を名乗っている雑誌だったため、撮影は比較的短時間で終わった。それでもなんとか引き留めようとする記者や撮影スタッフをかわしてスタジオを出ると、空は暗くなっていた。秋に入り日暮れも早い。

「……思ったより時間を食ったな」

最後にサイン責めにあったせいだ。同居人には六時に帰ると言ったのに、もう三十分も過ぎている。心配させてしまっているかもしれない。

舌打ちしたい気持ちを抑え込んで流れてきたタクシーを捕まえ、自宅の住所を告げると、佑季は深い溜息《ためいき》を吐《つ》いて座席に身を沈めた。

やっと帰ることが出来る。

玄関を開けて「ただいま」と部屋の奥に呼びかける。同居人がとたとたと走り寄って来て、「おかえり」と微笑む。そんな想像をして、佑季は少しだけ疲れを忘れる。

ふいに、ミラー越しに運転手と視線が交わった。

「お客さん、モデルさんかなんかですか？」

勘違いされてもおかしくない容姿に加え、スタジオの前で乗車してしまった。少し歩いてから捕まえたほうが良かったかもしれない。

めんどくさいと表情に出かけた本音を既《すん》で呑み込んで、佑季は作り笑いを浮かべた。

「いえ。違いますよ」

嘘《うそ》ではない。けれど、佑季の言葉に運転手は納得がいかない様子だ。

「でも、あなたどっかで見たことあるんだよなぁ」

「……そうですか」

う～ん、と唸《うな》る運転手から視線を逸《そ》らして窓の外を見つめる。

女子高生、ＯＬに主婦。佑季のファン層は幅広いものの、女性に限られる。男性も皆無《かいむ》とは言わないが、それでも全体の一割にも満たないだろう。ましてや中年の男性など、文芸に詳しい人間でもなければ佑季のことなど知るはずもない。

運転手には悪いが、そのまま悩んでもらうことにして、佑季は流れる景色を見つめていた。帰ってまずはゆっくりしたい。今日は珍しく朝から家を空《あ》けてしまった。こんなことは滅多《めった》にないのだ。きっと独りで寂しい思いをさせてしまっている。

しばらくすると、ふいに運転手が「あぁ、思い出した！」とハンドルを叩《たた》いた。

「小説家の先生ですよね⁉」

窓にうっすらと映る佑季の眉間《みけん》に、あからさまに皺《しわ》が寄る。そんな様子に気づくはずもなく、運転手は続けた。

「以前、うちの娘が文芸雑誌なんて買ってましてねぇ。あまりにも珍しいもんだから、ちらっと見たんですがね。あなたの特集でしたよ。女性にずいぶん人気らしいじゃないですか！」

「……いえ」

「確か、かなり若くしてデビューしたんですよね？」

ちらっと見たと言う割りに、しっかり記事は読んでいるらしい。

デビュー時、佑季は二十歳だった。編集者などは、あと一歳若ければ十代デビューとして印象付けられたものをと悔しがっていたが、二十歳でもインパクトは充分あったようで当時はずいぶんと年齢について言われたものだ。

「今、おいくつなんです？」

「……今年で二十六になります」

「そうかぁ。六年もやってりゃもう大先生だね」

「そんな……まだまだですよ」

これは謙遜《けんそん》でもなんでもない。この六年で出版された本は五冊。そのうち二冊だけが文庫になっている。中堅どころか新人の枠も出ない。しかしそんな詳細を知る由もない運転手は「またまた～」とにやけている。

帰り際、担当が送ると申し出てくれたが、仕事の話をすることが億劫《おっくう》で断ってしまった。こんなことなら送ってもらった方がよかったかもしれない。

「どんな話を書いてるんです？　今度娘から借りてみますよ」

悪いことは言わないから止めておけ、と言い掛けて呑み込む。

佑季の作品は大抵、耽美《たんび》小説や幻想小説といったものに分類される。作中にはかならず美しい少年が登場し、主人公、そして読者を不思議な世界に誘う。作品によっては同性同士の微妙な性描写もあり、そういった内容から男性には嫌厭《けんえん》されがちだ。

だからと言って、読むななどと言える立場にはない。

佑季は目を瞑《つむ》って身体《からだ》を座席に深く沈め、その後はなにを訊かれても生返事を返すだけでやり過ごすことに決めた。

佑季の住むマンションは東京の郊外にある。一帯は高級マンションが立ち並ぶ閑静な住宅街で、緑も多い。一年前、やむを得ない事情で引っ越してきた時は周囲の高級感に落ち着かない気分になったものだが、今ではすっかり馴染《なじ》み、引っ越してきて良かったと思っている。

代金を少し多めに払って自宅であるマンションの前でタクシーを降りたちょうどその時、上着のポケットに入れていた携帯が鳴った。取り出した携帯の画面を確認すると、そこにはたった一人の身内である、母親の名前が表示されていた。佑季の口から勝手に深い溜息が零《こぼ》れる。

「もしもし」

玄関のオートロックを解除しながら、電話に出た。出来る限り感情を声に出さないように気をつけたつもりだが、そんな佑季の努力など気にも留めないように、相手は捲《ま》くし立て始める。

『電話にはすぐに出てちょうだい。なにかあったのかと心配するじゃない。あなたに何かあって、周りから色々言われるのは私なんですからね』

相変わらずの物言いに口元が歪《ゆが》む。

きっと文句をつけたいことがあってかけてきたのだろう。そもそも母親からの電話で、それ以外の用向きなど考えられない。

マンションに入り、コンシェルジュカウンターを横目に集合ポストへ向かう。

『あなた、またおかしな雑誌に載ったんですって？　今日、お隣の葉山《はやま》さんから教えていただいて、私とっても恥ずかしかったのよ』

一週間前に発売した女性誌のことだろう。作家としてではなく、一人の男性としての佑季をフィーチャーしたいという依頼で、プライベートな質問にもいくつか答えた。普段聴く音楽や出かける場所、気に入っているブランド。イメージを壊さないために適度な嘘も織り込んで。そんなに目くじらを立てられるような内容のものではないはずだ。

けれど、そんな言い訳をしたところで相手の怒りを煽《あお》ってしまうだけだろう。

『あんな世間様に顔向け出来ないようなことをするのはやめてちょうだい。何度も言っているでしょう？』

「……はい」

佑季は神妙な声で応《こた》えた。心を落ち着けて嵐が通り過ぎるのを待つことが最善の策だということを、経験から知っている。

きんきんと耳元で響く声を適当に聞き流しながらポストのダイヤルを合わせる。扉を開けると、無理やり詰め込まれていたチラシの山が押し寄せるように出てきて、ばさばさと足元に落ちた。溜息を呑み込んで落ちたチラシを拾い上げる。

『ちょっと、聞いてるの。佑季さん』

「……はい。聞いてます」

『お遊びもいい加減にして、もう少し自分の将来について真面目《まじめ》に考えてちょうだい。こんなことをさせるために大学まで行かせた訳じゃないのよ』

文章を書くという趣味が高じて仕事になったのは、大学三年の時だった。当時から耳にタコが出来るほど聞かされてきた言葉だ。辟易《へきえき》するのを通り越して何も感じなくなったのはいつ頃からだっただろう。

それでもお遊びなんて単語を聞くと無意識に口が歪む。

そのお遊びで得た金で暮らしているくせに。

佑季が毎月纏《まと》まった金額を送金するようになってから母親は働かなくなり、習い事や買い物に時間を費やして遊び暮らすようになった。

そうして、暇を見ては佑季の粗《あら》を探し、連絡してくるのだ。

『もういいわ。とにかくよく考えなさいね。あなたももう子供じゃないんだから』

やっと解放されると内心で息を吐く。時間にすれば十分も話していなかったはずだが、何時間もお説教された子供のように心はぐったりとしていた。

十八歳までは同じ屋根の下で、それも二人っきりで住んでいたというのに、その頃のことはもうあまり思い出せない。よく我慢していたものだと自分でも感心する。

『いい加減、少しは私を喜ばせるようなことをしてちょうだい』

いったい、なにをすれば喜ぶというのだろうか。

一緒に暮らしていた頃、佑季が机に向かっていれば陰気くさいと詰《なじ》り、家事をすれば自分を馬鹿にしているのかと腹を立てていた。佑季がすることはなんでも気に入らないのだ。

「……すみません。おやすみなさい」

母さん、と続ける前に電話は切れた。

唇が歪んで乾いた笑いが漏れる。久しぶりに声を聞いたと思えばこれだ。相変わらずヒステリックな母親も、そんな母親に諾々《だくだく》と頷くことしか出来ない自分も嫌になる。

健全な母子関係ではない。けれど、それでも仕方がないのだと、諦《あきら》めてしまったのはもう気が遠くなるほど前のことだった。

いらないダイレクトメールやチラシを選別し、専用のゴミ箱に投げ捨てる。誰かが見ていたらきっと目を瞠《みは》っただろう。それほど、上品な佑季の見た目とは釣《つ》り合わない乱暴な所作だった。それでも、エレベータから降りてきた同じマンションの住人とすれ違う時は、笑顔で会《え》釈《しゃく》することを忘れなかった。

外面《そとづら》を取り繕う自分の姿が、世間体ばかり気にする母親と重なり、気分が悪くなる。けれど、エレベータに乗って階数を指し示す数字が増えていくと、そんな気分も払拭《ふっしょく》された。

佑季の住む十六階には、３ＬＤＫの部屋が四つある。廊下はＬ字になっていて、佑季の部屋は角を曲がった一番奥の一六〇四号室だ。

鍵《かぎ》を開けて玄関に入ると、佑季はリビングに向けて「ただいま」と声をかけた。ぱたぱたと奥から駆けてくる足音。続いて現れたのは、十五、六歳といった風情《ふぜい》のすらりとした、学生服姿の少年だ。

「おかえり！」

髪は黒く天使の輪が浮き出るほど艶《つや》があり、同じく黒々とした目は涼しげな印象だが、浮かべる笑顔はあどけなく、まだ幼さが残る。成長期半ばの大人になりきれない体格は、華奢《きゃしゃ》でぺたりとしていて薄く、手足は長いが目線は佑季より低い。

「ただいま、カズオミ」

同居人の笑顔を見て名を呼び、やっと家に帰って来たという気になって佑季は肩の力を抜いた。鞄《かばん》とポストから取ってきた郵便物をシューズボックスに置いて、床に腰を下ろす。佑季の顔を、カズオミが後ろから覗《のぞ》き込んできた。

「疲れた顔してる」

「疲れた。カズオミに会いたくて死にそうだった」

素直な言葉が口をついて出る。佑季がこんな風に偽りのない自分で甘えることが出来る相手は、カズオミだけだ。

「俺が迎えに行ってあげられたらいいんだけどな」

カズオミは佑季の家から出ることが出来ない。二人暮らしにはちょうどいい程度の3ＬＤＫ。それだけがカズオミの生活範囲だ。

「取材、大変だった？」

「まぁ、それは別に……」

面倒であったことは確かだが、つい先ほどかかってきた電話に比べれば小さなことだった。

「またお母さんになにか言われたの？」

カズオミに隠し事は出来ない。だからといってわざわざ不快な話を聞かせるつもりはなく黙り込むと、カズオミは佑季の頭を撫《な》でるような所作をした。

優しい空気に、一気に気持ちが楽になる。佑季を甘やかすことに関して言えば、カズオミは天才的だ。

ふいに思い出して、佑季は「あぁ」と声を上げた。

「そういえば、カズオミのこと訊かれたな」

「俺のこと？」

「恋人かって」

記者に訊かれて笑顔でかわしたのは、もちろんそんな質問に端《はな》から答えるつもりはなかったからだ。けれど、それ以外にも理由がある。世間には決して公言することの出来ない理由が。

「佑季が望むなら、俺は佑季の恋人だよ」

そう言ったカズオミに、佑季はまるで眩《まぶ》しいものでも見るように目を細めた。

カズオミは佑季にとって、恋人なんて言葉では収まらないほどの存在だ。いつも佑季の傍《そば》にいてくれる。時に恋人のように、友人のように、家族のように。

全てを言葉で表現するなんてナンセンスだ。文章を書く人間であるからこそ、特に感じるのかもしれない。けれど、どうしても言葉でカズオミを表現しなければならないというのなら、愛する人という言葉以上に適切な表現は見当たらない。

愛しているかと、今日の記者は訊いた。

愛している。

カズオミは佑季にとっての唯一だ。

「なにか恋人らしいことでもしようか？」

佑季の提案にカズオミが首を傾《かし》げた。

「例えば？」

「キスとかセックスとか？」

「いいね」

少年のような笑みは、色事とは程遠く感じられる。けれど、どんなことであってもカズオミが佑季の言葉にノーを言うことはない。カズオミは佑季の全てを受け入れてくれる。

「じゃあ、まずはお帰りなさいのキスから」

腰を屈めて近づいたカズオミの唇に自分の唇を寄せる。あと少しで触れ合う、というその瞬間、コンコンと玄関の扉が叩かれた。次いでインターホンの音が響き渡る。

「相葉さん、いらっしゃる？」

ドア越しに聞こえる声は、おそらく隣の部屋に住む主婦のものだ。

どうしてこう疲れている日に限って、佑季の気を休ませてくれない出来事が次から次へと起こるのだろうか。

佑季は大きな溜息を零して立ち上がり、ドアスコープを覗いた。案の定、そこには見知った中年女性が立っている。

佑季は玄関の扉を開けて、出来る限り人好きのする笑みを浮かべた。

「こんばんは、野口《のぐち》さん」

この隣人は何かと佑季を気遣って、作りすぎたおかずを差し入れしてくれたり、遠出の際にお土産《みやげ》を買ってきてくれたりする。ただでさえ女性とはあまり関わりをもちたくない佑季は大きなお世話と感じないこともない。けれど煩《わずら》わしいという理由だけで善意を無下《むげ》にすることも憚《はばか》られ、親しい隣人と言っても差し支えない程度の関係を築いていた。

「こんばんは。相葉さん、今日は外に出てらしたの？」

「ええ。少し用があって」

「昼間ね、お客様がいらしてたわよ。オートロックのところで困ってる方がいたから声をかけたら、相葉さんに会いに来たって」

今日は来客の予定はなかった。アポなしで訪ねてくるなど母親ぐらいしか思いつかないが、母親は一度もこの家には来たことがないし、先ほどの電話の様子からすれば違うだろう。

「どんな方でしたか？」

「男性だったわよ。ずいぶんと背が高くて、ちょっと見ないくらいかっこ良くて。硬派な俳優みたいで驚いたわ」

まったく心当たりがない。佑季の唯一の友人は、かっこいいと形容されてもおかしくはない顔立ちをしてはいるが、長身という点は当てはまらない。マメにやり取りしている担当編集者は逆に長身ではあるが、見目麗《みめうるわ》しい男ではない。

少し考え込んだ佑季の反応を誤解してか、野口は焦ったように付け足した。

「でも、相葉さんの方が綺麗《きれい》だし、素敵よ？」

実のないフォローにも佑季は「とんでもないです」と愛想良く返す。

さて、ここからいかに無駄話を回避して帰ってもらおうかと思考を回転させていると、野口が佑季の向こう、部屋の中を窺《うかが》い見るように顔を傾けた。

「ところで、今、お一人？」

「……ええ。どうしてです？」

「インターフォンを押す時、中から話し声が聞こえたような気がしたから」

どうやらカズオミとの会話が漏れていたらしい。とはいえ、高級住宅街に聳《そび》え立つタワーマンションなだけあって、玄関もそれなりにしっかりした造りになっている。完全に筒抜けだったということはないはずだ。

「電話をしていたのでその声だと思います」

「あら、お邪魔してしまったのね、ごめんなさい。じゃあ、今日はこれで失礼するわ」

電話は嘘だが邪魔には違いなかった。空気を読んだ野口の様子にほっとし、作り笑いの中にほんの少しだけ自然な笑みが混じる。

「わざわざありがとうございました」

来客の正体は分からないが、必要ならまた訪ねてくるだろう。それに名が売れてからは、わざわざ佑季の住所を調べて訪問販売に来るようなはた迷惑な連中もいる。引っ越して少なくなったが、野口の言う男がもしそんな相手だったなら、留守にしていたのは逆に幸運だ。

「なにかあったらいつでも頼ってね。一人暮らしだと、なにかと大変でしょう？」

「……ありがとうございます」

深々と頭を下げた佑季に手を振って、野口は隣の部屋へと帰って行った。

扉を閉めて背を凭《もた》れかけさせ、深く息を吐く。

「大丈夫？」

ずっと廊下に立っていたカズオミが裸足のまま三和土《たたき》に下りて来て、佑季の顔を覗き込んだ。

「うん。……なぁ、カズオミ」

「なに？」

黒目がちのカズオミの瞳《ひとみ》は真《ま》っ直《す》ぐ佑季を捕らえている。

男の一人暮らしは大変でしょうと、それは野口の常套句《じょうとうく》だ。独り者の佑季を気遣ってくれている。けれどその度に、むきになって言い返したくなる。

一人ではない。

「カズオミは、俺の傍にいるよな」

カズオミがいる。

「俺は佑季の傍にいるよ」

間髪《かんはつ》入れずに優しい答えが返された。

「……だよな」

佑季はカズオミに向けて両手を伸ばした。

「カズオミ、……おいで」

「うん」

ふわりとカズオミが佑季の胸に飛び込んでくる。少年らしい骨ばった細い腕が佑季の背中に回された。こうしてカズオミに触れている時が、佑季にとって一番落ち着ける時間だ。

たとえそこに、生身の温かさを感じることが出来なくても。

「キスして」

「うん」

佑季の吐息で空気が揺れる。ふわりと触れ合う唇。けれど触れ合いの間に、熱が生まれることはない。

他人が知れば、きっと頭のおかしい人間だと恐れられるだろう。もし母親が知れば罵《ののし》るなんて程度ではすまないかもしれない。

けれど、自分の幸せを他人に許られるなんて馬鹿らしい。他人が佑季の支えになってくれるわけじゃない。

「愛してる」

カズオミだけが、佑季の心を支えてくれる。

「俺も愛してるよ、佑季」

カズオミだけが、本当に求めている言葉をくれる。

佑季はカズオミがいる空間をぐっと抱きしめた。

カズオミは佑季の恋人であり、家族であり、友人であり、唯一の愛する人だ。

そしてその愛する人は、この世には存在しない佑季の作り出した幻でもあった。

2

ジョッキのビールをぐっと呷《あお》って、牧村健吾《まきむらけんご》が溜息と共に呆《あき》れ声を吐き出した。

「あいっかわらず閉鎖的な愛を築いてるねぇ」

「うるさい。俺とカズオミは幸せだからそれでいいんだ」

佑季はふんと鼻を鳴らして、軟骨のから揚げを口に放り込む。

学生が通うような安い居酒屋の料理は、油っぽくて大して美味《おい》しくはない。けれど、佑季はこういう店の料理が嫌いではなかった。手作り感のないところがいい。レンジやオーブンに突っ込んで終わり、盛り付けて終わり。ファーストフードのような簡素さに安心する。

「まぁ、ねぇ。僕も相葉が幸せなら別にそれでいいけどね」

牧村の呟《つぶや》きは隣の部屋から響いてきた大きな笑い声にかき消された。

「……うるさいな」

金曜の夜だということもあってか店内は満席のようだ。

「まぁ個室つっても壁は薄いからなぁ。場所移す？」

「いい。まだ食い物も残ってるし」

チーズ春巻きにしらすピザ、エビチリに焼き鳥と刺身の盛り合わせ。バラエティに富んだ料理がまだ半分以上残るテーブルから立つ気にはなれない。

「あ、新刊読んだよ。今月の頭に出たやつ」

鳥皮を食べながら、突然、牧村は思い出したように言った。

大学三年の時、将来に悩んでやけくそで応募した新人賞でデビューが決まった。デビュー作からこちら、献本すると言っているのに、牧村は頑なに自分で購入することをやめない。

「そらどーも」

「面白かったよ。やっぱり僕は先見の明《めい》があったな」

ふふんと偉そうに腕を組む牧村を、佑季は鼻で笑うだけで流した。けれど牧村の発言を否定は出来ない。

佑季に本格的に文章を書くことを薦《すす》めてくれたのは、牧村だったからだ。

牧村は高校の頃からの親友で、そして佑季が心を許しカズオミの話が出来る唯一の相手でもある。佑季にとっては稀有《けう》な存在で、牧村がいなければ今の自分はなかった。

とはいえ、出会った頃からそうだったわけではない。当初はなんて胡散臭《うさんくさ》いやつだと思っていた。

『相葉っていつも本ばっかり読んでるね。人は嫌い？』

そう言って、ある日突然、休み時間の合間に話しかけてきたのが牧村だった。

佑季はクラスの中で明らかに浮いていた。入学した時から端正な顔立ちで注目されていたが、いつもツンとしていて人を寄せ付けようとせず、男子も女子も揃《そろ》って遠巻きにしていた。入学してから二ヶ月経《た》っても、佑季には友達らしい友達がいなかった。そんな中で唐突に話しかけてきた牧村の存在を、佑季は快く思うどころか警戒してさえいた。

これは後で知るのだが、牧村の父親は心療内科に勤める医師で、その影響があってか彼は人に対する関心が普通以上に高く、そして人の内側に入り込むことも上手かった。

初めは無視していた佑季も、懲《こ》りずに話しかけてくる牧村のしつこさと人懐っこさに根負けして、徐々に話すようになった。すると今度は、誰とでも仲のいい牧村が人とかなり距離を置いて接していることに気がついた。そして、実のところ誰よりも近い距離で接しているのが自分であるということにも。そしてなぜか、佑季はそれを心地《ここち》良く感じた。

高校二年の夏休み。牧村の部屋で一緒に宿題を片付けていた。難問をひとつ解き終わって息を吐いたところに、牧村はまるで天気の話でもするように、自分は同性しか好きになれないのだと言った。話しかけてきた時と同じで、ずいぶんと唐突な告白だった。

いつも明け透けな笑顔の牧村に、神妙な顔で「気持ち悪い？」と訊かれた時、佑季は間髪入れずに首を横に振った。そして、自分と牧村が不思議なほど自然に距離を詰められた事実に納得した。

決して他人に知られてはならない大切なこと。互いに胸のうちに隠し持っていた秘密の匂いを、自分達は嗅《か》ぎ分けたのだろう。

カズオミについて、誰かに話したことはなかった。話したいとも思わなかった。けれど佑季はこの日初めて、自分の中だけの大切な存在を告白した。

幻覚が見えるということ。カズオミという名で呼んでいて、心の支えにしていること。愛していること。

牧村はそんな話を聞いても、佑季の頭がおかしいとは言わなかった。その代わりに、なにか文章を書いてみたらどうかと言った。

『自分の中にあるものを書き出して心の均衡《きんこう》を保つことも出来るって、父さんに聞いたことがある。文章でも絵でもいいと思うけど、相葉はいつも本読んでるし、相葉が書くものって、僕は読んでみたいな』

どきりとした。

中学時代、佑季は文芸部に所属していた。クラブ活動の時間中、好きなだけ読書が出来るのだろうと思ったからだ。そうではないのだと知った時にはすでに入部届を出した後だった。仕方がなく、片手間にちょっとしたショートショートを書くようになった。初めは嫌々だった創作活動に、佑季は次第にのめり込んでいった。いくつか賞を取ったこともあったが、中学を卒業してからは自然と書かなくなった。創作する場がなくなったのもあるが、なによりカズオミの存在が大きかった。机に向かうよりカズオミと言葉を交わすほうが、佑季にとって重要だったのだ。

けれど牧村の提案に、佑季は夢中になって創作していた頃の感覚を思い出した。自分の思い描くように言葉を組み合わせて当てはめることが、本当に好きだった。

牧村は同時に、佑季が必要とするのであれば医者である父親を紹介するとも言ってくれた。専門家と話すことによって佑季が少しでも安心するのであれば、と。結局、牧村の父に会うことは一度もなかったが、心遣いには素直に感謝していた。

二人揃って高校を卒業し、東京の大学へ進学するために上京した。牧村は私立の心理学部へ、佑季は国立の文学部へ。友人関係は別々の大学へ行っても途切れることなく、卒業して佑季は作家に、牧村は臨床心理士になった今も、こうして酒を飲み交わしている。

社交的な牧村にしてみれば友人の一人に過ぎないだろうが、佑季にとっては親友と呼べるかもしれない唯一の人間だ。

「でも今回のは、今までよりちょっと特別な感じがしたな」

佑季が黙ってビールを口に運ぶと、牧村は少し突っ込んできた。

「カズオミくんが見えるようになったきっかけと関係してる?」

さすがに佑季をよく知っている。

なんでも躊躇《ためら》いなく話せる牧村に、佑季はひとつだけ言えないことがあった。カズオミが現われたきっかけについてだ。

一度だけ、酒の席で、中学の時になにかあったのかと訊かれたことがある。佑季は答えられなかった。牧村であれば分かってもらえそうな気がしたが、それだけは言えなかった。認めたくはないが、佑季の中で決着がついていなかったからだろう。もうほとんど石化したような過去のことであると思いつつ、佑季の中で生々しく息づいている出来事だった。

「直接的なことはほとんどなにも書いてない」

小説はあくまで小説だ。けれどところどころに、思い出の一部を散りばめた。

例えば、

――僕は君の紡ぎ出す言葉のようになりたい。

記者が褒《ほ》めていたあの言葉も。

思い出を作中に埋め込んだのは初めてだった。牧村の言う「特別な感じ」とやらは、きっとそのせいだろう。

「近いうちに、お前には話そうと思うよ」

出来ればカズオミのいる場所で話したい。

うん、と牧村は頷いた。

「それにしても、気晴らしになればと思って軽い気持ちで勧めたのに、今じゃベストセラー作家さまだもんなぁ。すごいよ」

「ベストセラーってほど売れてない」

「とか言ってさぁ。こないだも女性誌にインタビュー載ってただろ。……そういえばあれ、相葉のお母さん、また怒るんじゃないの」

口の中に入れたエビチリが一気に不味《まず》くなった気がする。

「……まぁ、なんか文句っぽいことは言ってたな」

つい数日前のことだ。記憶が新しすぎて、思い出すだけで頭痛がしそうだった。

「いいんだよ。あの人は俺のやることなすこと全部気に食わないんだから」

昔からそうだった。佑季が右と言えば左、黒と言えば白。気に障《さわ》るのならば無視すればいいものを、逆に過剰に干渉してくるのだからたまらない。今でこそ電話でネチネチと言われる程度で済んでいるが、一緒に住んでいた頃は最悪だった。あの頃のことは思い出すだけで胃が痛くなる。佑季が女性を苦手とする原因は、明らかに母親だ。

とはいえ、当時の状況の全てが母親のせいだったわけではない。

「大学まで面倒見てもらったし、感謝してるよ」

だからこそ佑季は、黙って干渉も小言も受け入れている。本来ならば、母親がそこまでする義理はなかっただろうことは自分が一番よく知っている。

「そういえば」

佑季が話題を変えたいと思ったことを察してか、牧村は軽い調子で話を変えた。

「そろそろ引越して一年？　最近はなにもない？」

「そうだな。落ち着いてるよ」

「去年は本当に、大変だったもんなぁ」

牧村の苦笑に、思わず佑季も苦笑で返した。あまり思い出したくないが、笑えるようになっただけでも、ずいぶん良くなった。

去年の今頃、佑季はストーカー被害にあっていた。

わざわざ家を調べ上げ、身の回りを嗅ぎ回るようなファンはデビューしてから何人もいたが、大家が追い払ってくれたり出版社の人間が前に出てくれたりして、それまで大事に至ったことはなかった。

けれどその女は少し勝手が違った。初めは手紙が届いた。それも自宅に直接だ。桃色の封筒で宛名も差出人もなく、けれどおかしなところはそれくらいで、中身はなんの変哲もないファンレターだった。過激な手紙が自宅ポストに直接投函《とうかん》されることは間々《まま》あったせいで、またしつこいファンの仕業かと辟易したが、それ以上は気にしていなかった。けれど同じ封筒のファンレターが毎日届くと、さすがに佑季もおかしいと思い始めた。

それから今度は携帯に無言電話がかかってくるようになり、さらに外に出ると、誰かに付けられていると感じることがあった。それでも気にしないように努め、佑季は無視し続けた。やがて飽きて止めるだろうと楽観視しすぎていたのだ。

そうこうしているうちに、外出の間に家の雰囲気が変わるようになった。

例えば使いっぱなしだった鋏《はさみ》が片付けられていたり、先の割れていた歯ブラシが新しくなっていたり、そんなことが何度かあった。長い髪が枕《まくら》に付いていた時の恐怖は言いようがない。

牧村に相談すると、すぐに弁護士をしているという友達を紹介してくれた。渡井《わたらい》と名乗った同年代の弁護士は、探偵を雇い、ものの三日で、佑季に対して付きまといをしていた女の正体を突き止めた。渡井の手腕か、そこからの解決は迅速《じんそく》だった。

女は資産家の一人娘だった。事が明るみに出ることを嫌った女の両親は、かなりの示談金を用意した上で、今後一切近寄らせないと約束した。深々と頭を下げる両親の姿になにか感じ入るところがあったのか、女も号泣しながら謝罪した。

佑季は牧村と渡井の協力の下《もと》、今住んでいるマンションに引越し、事件はそれで一応の決着がついた。

元から得意でなかったこともあるが、佑季はその事件を切っ掛けに、益々《ますます》女性に苦手意識を抱くようになってしまった。

「ほんと、女運がないよねぇ」

「別にいい。カズオミさえいればなんだって」

「相葉なら女でも男でも選《よ》り取り見取りなのにもったいないなぁ。渡井にだってあからさまにアプローチされてたの気づいてた？」

そうだっただろうか。渡井には色々と世話になって、ずいぶん感謝はしている。人好きのしそうな顔の男だったような気もするが、もうその辺りですれ違っても気がつかないかもしれない。その程度にしか記憶に残っていなかった。

「ほんと、これで繊細な心理描写が秀逸《しゅういつ》、とか言われてるんだから、世の中って分からないものだよねぇ」

呆れるように呟く牧村を横目に佑季は肩を竦《すく》め、最後のジョッキの底に残る温《ぬる》くなったビールを一気に仰いだ。

結局だらだらと二人で飲み続け、店の前で別れる頃には十一時を回っていた。

外気に晒《さら》された頬は酔いから火照《ほて》っている。

あまり酔っ払って帰るとカズオミが心配するだろう。早く帰って顔を見たいのは山々だが、出がけに「飲みすぎないでね」と釘《くぎ》を刺されたことを思い出して、佑季は最寄《もより》駅に到着すると、タクシー乗り場を通り過ぎた。マンションまでゆっくり歩けば十五分程かかる。酔い覚ましにはちょうどいい距離だ。

空にはぽっかりと大きく丸い月が浮かんでいる。住宅街ゆえに、街中のように夜を照らす無粋《ぶすい》な灯《あか》りはなく、星の光が綺麗だ。

いい気分で歩いていると、ふいに後ろから人の気配を感じた。ひたひたひたと、静かに歩く足音は佑季と同じ速度だ。

この時間、高級住宅街であるこの地域に徒歩で帰宅するような人間はあまりいない。周囲に響くのは、二人分の足音だけだ。

ぞわりと背筋が寒くなり、ジャケットの首元を押さえた。

牧村と話題にしたばかりだった、ストーカー女のことを思い出す。執拗《しつよう》に追い回された恐怖の感覚は、今でも鮮明に呼び起こされる。

跡《あと》を追ってくるような足音は少しずつ歩調を速め、佑季に迫《せま》ってきているように感じた。本能的な危機感に身を突き動かされて、足を急がせる。一歩二歩と進むごとにどんどん速度が増していき、終《しま》いには無意識に駆け出した。

後ろで声がしたような気がしたが、気にしている余裕はない。日ごろの運動不足が祟《たた》って、すぐに疲労を感じ始める足を、必死に前へ前へと出す。

坂道を転げるように駆け下りて、やっとマンションが眼前に見えてくる。あと一息だと思った瞬間、

「おい！」

後ろからぐんと腕を引かれた。

「うわあぁっ」

悲鳴めいた情けない声が夜のしじまに反響し、佑季は反射的にぎゅっと目を瞑る。

ところが、降ってきたのは予想とはまったく別の、低い男性の声だった。

「……おい、なにをそんなに怖がっているんだ」

「え」

腕を掴む手が大きく、力も到底女性のものとは思えないほど強いということに、やっと気がつく。

佑季はそろりと目を開けて、振り返った。

そこには佑季と同じ年頃の男が立っている。グレーストライプのスーツに値の張りそうなトレンチコートを羽織《はお》った姿はきっちりとした大人の男然としていて、到底不審な人間には見えない。

ぜぇぜぇと肩で息をする佑季を尻目に、男は涼しい顔をしていた。

「まさかその年になって夜道が怖いなんて女々《めめ》しいことを言うんじゃないだろうな」

無遠慮な物言いにかっとなって、佑季は男を睨《にら》み付ける。

「誰だって暗闇《くらやみ》で追いかけられたら恐怖ぐらい感じるだろう！」

「声をかけようとしたのにお前が逃げるからだ」

自分に非があるとは少しも思っていない様子に腹が立ったが、それよりももっと気になることがあった。

「なにか用なのか」

声をかけようとしていたと言った。こう見えて、この男ももしかしたら過激なファンの類《たぐい》かもしれない。そういう人種は下手に刺激をしないほうがいい。

「サインならいくらでもするから腕を放してくれ」

佑季の言葉に、男は思い切り馬鹿にしたような、呆れた顔をした。

「なんで俺が相葉のサインなんて欲しがるんだ」

遠慮のない呼び捨て。その上、サインなど、くれると言ってもいらないとでも言いそうな雰囲気だ。

解放してくれる様子を見せないまま、男は続ける。

「三日前、お前の家に行ったが留守だった。昨日、一昨日《おととい》は仕事でそれどころじゃなかったし、おかげで俺はホテルに二泊もしなきゃならなかった」

「はぁ？」

「なんで作家がこんなにフラフラ外出してるんだ。家に籠《こ》もってパソコンに向かうのが仕事なんじゃないのか」

「言われなくても普段はたいてい籠もってる」

だいたいそんなことを言われる筋合いはない。そもそもアポイントメントもなしに突然訪問してくるほうが悪いのではないか。

頭の中に渦巻く反論の嵐を中途半端に呑み込んだのは、同時に困惑していたからだ。

意味が分からない。発言の内容が自分と関係があるとは思えない。なぜ男はこれほど偉そうで、その上、全て佑季のせいだと言わんばかりの態度なのか。

たぶん、隣人の野口が言っていた人物は、目の前にいるこの男のことだったのだろう。

佑季を見下ろすような位置にある視線から推測すれば、百八十近くはあるのだろう長身。闇に溶け込みそうな程の黒髪に、同じ色の深い瞳。迫力のある端正な顔立ちには、野口に限らず、女性ならば例外なくクラっときてしまうに違いない。残念ながら、佑季の琴線《きんせん》には僅かたりとも触れないが。

「ホテルは嫌いなんだ。落ち着かないし飯が自分で作れない。その上ベッドは柔らかすぎて安眠出来なかった。散々だ」

どうでもいい文句を垂れ流し続ける男の傍らで、佑季はなんとか自分の腕を捕らえている手を放させようとしたが、男はがんとして力を緩めなかった。

いい加減、話を進めないと帰ることが出来ない。秋とはいえ気温はどんどん下がっている。夜道に長居したのでは、体力のない佑季はすぐに体調を崩してしまうだろう。いい加減、カズオミにも会いたい。

「……で、アンタは誰なんだ」

男は虚を衝かれたように瞠目《どうもく》した。

「分からないのか」

見当もつかない。男の口ぶりから考えれば知り合いなのだろうか。

目を凝らして男の顔をじっと見つめていると、どこかで見たことがあるような気もした。けれど、やはり分からない。一年前ずいぶんと世話になった恩人である弁護士の顔さえ思い出せない自分の記憶力など当てにならないだろうが、それにしたってこれほど印象的な男を忘れるとも思えない。

男が大仰な溜息を吐いた。

「お前は覚えているからあんな台詞を書いたと思ったんだが」

「あんな台詞？」

「『僕は君の紡ぎ出す言葉のようになりたい』」

どくん、と心臓が大きく跳ねた。

「俺はあんな気障《きざ》な言い回しはしてないけどな。確か『相葉くんの文章みたいな人間になりたい』、だったか？　ガキだったとはいえ、俺も恥ずかしい台詞を言ったもんだな」

「…………なに、言って」

咄嗟《とっさ》に言葉を見つけることが出来なかった。一瞬衝撃で停止しかけた思考がものすごいスピードでぐるぐると回り始める。

いや、まさか。そんなことがあるはずがない。だって彼は違う。佑季の記憶とは、全く違う。

まだ分からないのか、と男はもどかしげに頭を掻《か》いた。

「俺だよ。沖津和臣《おきつかずおみ》だ」

「……沖津、かず、おみ……」

口の中で確かめるように呟いたそれは、中学時代のクラスメイトの名前だ。

男をじっと見つめる。黒い双眸《そうぼう》がふいに、幼い少年と重なった気がして、佑季はぶんぶんと首を振った。

「嘘だ」

「なんで嘘なんてつく必要がある」

「なんでって、だってアンタ」

佑季の知っている沖津和臣は背が低くて華奢で、下手に触れたら折れてしまいそうな少年だった。意地の悪い連中にからかわれて悲しそうに歪んだ顔は幼くて、佑季の庇護欲《ひごよく》をひどく刺激した。

「アンタ、全然違うじゃないか」

「十年経ってるんだ。人間嫌でも変わる。相葉はあまり変わっていないみたいだが」

ふんと鼻で笑われても、頭がうまく回らないせいか腹は立たなかった。

「沖津は……沖津はそんな風に笑わなかったし、俺をそんな風に呼ばなかった」

「昔みたいに呼んで欲しいのか。相葉くん？」

記憶とは全く違う声音にも拘《かか》わらず、痛いほど心臓が震えた。

脳内を駆け巡るのは自分を呼ぶ声。懐かしい響き。

中学生だった。あの頃、佑季の周りはいつも人で溢れていた。本当はただ虚勢を精一杯張っていただけだったが、そんなこと誰も知らなかっただろう。

褒められることには慣れていた。

『相葉くんはすごいね』

だから彼がそう言った時、佑季は「こいつもか」と思ったのだ。

『すごいって、なにが』

顔が綺麗だとか成績がいいとか、そんなことを褒められても、少しも嬉しくない。むしろ不快だ。けれど、彼は瞳をキラキラと輝かせて続けたのだ。

『文芸部の部誌に載ってた作品、読んだことあるよ。あのね、俺、相葉くんの文章みたいな人間になりたいと思った』

『……どういう意味？』

『真っ直ぐ心の内に入ってくるみたいな。ぐって入り込んでくるのに優しくて。俺の言葉じゃ全然うまく言えないけど。相葉くんの言葉で作られた世界は、本当に綺麗で……びっくりしたんだ。相葉くんにはあんな風に世界が見えてるの？』

そう言って彼は、幼い顔で笑った。あどけない笑顔に、佑季の心は一瞬で攫《さら》われてしまった。

沖津和臣は、佑季の初恋の相手だった。

部屋に上がらせるのはとてつもなく嫌だったが、沖津が解放してくれる気配を見せないので、仕方がなくマンションの中へと案内することになってしまった。

玄関を開けた瞬間、「おかえり」と駆け寄ってきたカズオミは佑季の後から続いてきた沖津を確認して、目を丸めた。

大丈夫だから、と安心させるように目配《めくば》せし、沖津をリビングに通す。

カズオミは少し迷ったようにうろうろしてから、そっと奥の部屋へと消えた。気遣いは有難《ありがた》いが、部屋の中でカズオミの姿が確認出来ないと不安になる。

佑季は、沖津をさっさと追い返すために、本題を切り出した。

「で、なんで沖津が俺のとこになんて来るんだよ」

お茶を淹《い》れることもせず、佑季はリビングの椅子《いす》に座る。勧めたわけでもないのに沖津がコートを脱いで向かいに腰を下ろした。

「急に東京本社に異動になったんだ」

沖津はスーツの内ポケットを漁《あさ》り、名刺を二枚差し出した。そこには沖津和臣と書かれた上に、佑季でも知っているような大手の製薬会社の社名が印字されていた。一枚は、大阪支店営業部次長とあり、もう一枚には東京本社営業部課長とある。

役職は下がっているが、本社に来たというからには栄転なのだろうか。いまいちよく分からない。けれど大規模な会社での課長ならば、年の割にはずいぶん出世をしていることだけは確かだろう。

「おかげでここ一週間は休む暇もなくてくたくただ。せいぜい労《いたわ》ってくれ」

けれど佑季にとってそんなことはどうでもいいし、労る義理もない。

「そうじゃなくて、なんで俺の家に沖津が来るんだ」

住所さえ、知らないはずだ。

「新庄《しんじょう》　聡《さとし》って覚えてるか」

沖津が口にしたのは中学時代の同級生の名前だった。高校からは違ったが、同じ地方出身の上京組ということで、大学時代に付き合いがあった。今でも律儀に年賀状を送ってくるものだから、こちらも形だけ送り返している。

「あいつ今、ドラッグストアの店長やってるだろう。取引先名簿に偶然あいつの名前を見つけて、会いに行ったんだ。お前の話になって、ついでに住所を聞いた」

佑季は眉《まゆ》を顰《ひそ》めた。

迷惑この上ない。沖津と新庄を再会させた偶然がひどく恨めしい。そんな偶然さえなければ、こんなに変わり果てた初恋の相手と対面することはなかっただろうに。

心は往生際《おうじょうぎわ》悪く、まだ否定している。こんな男が、あの沖津和臣のはずがないと。けれど頭では嫌でも理解してしまっていた。認めたくはないが、よく見れば面影《おもかげ》がないこともないのだ。

「聞いたって、なんでわざわざ」

佑季の質問に、沖津は肩を竦めただけだった。

「それよりお前、なんでさっきあんな風に逃げたんだ。あの逃げ方は異常だった」

嫌なところを突く。

「……どうでもいいだろ」

「良くない。まさか本当に夜道が怖いって言うんじゃないだろう」

じっと睨み付けるように見据《みす》えてくる目に全てを見透かされたような気持ちになって、佑季は目を逸らす。

「相葉」

責めるように促《うなが》され、佑季は渋々《しぶしぶ》と一年前のストーカー騒動を掻い摘《つま》んで説明した。

最初は能面のような表情で黙っていた沖津は、話が進むにつれ眉間の皺を増やしていき、やがて一通り話が終わると、心底呆れ返ったような顔をした。

「馬鹿だな。お前に隙があるからそういうことになるんだ」

「馬鹿ってなんだよ」

佑季はむっとして眉を寄せる。望んで被害にあっているわけではない。自分に原因があると言われるのは不愉快だ。

「馬鹿は馬鹿だ。そういえば、昔からそういうところがあったな」

「そういうところってなんだよ」

「人の気持ちに鈍感なところだ」

沖津に言われたくはないと怒鳴ろうとして、呑み込んだ。

昔のことを掘り返すのは避けたい。

「……沖津に関係ない」

「関係はある。大いにな」

間髪入れず返って来た、予想外の返事に目を丸くした。

「……は？　どこがだよ」

「俺は宿無しだ。独身寮の空きが会社の手違いで手配されていなかった。しばらくは住む場所がない。さっき、なんで来たかって聞いたな」

沖津は唇を歪ませてシニカルな笑みを浮かべた。とてつもなく嫌な予感がする。

「雑誌に載るような大先生の家なら、居候の一人ぐらい住まわせる余裕があるんじゃないかと思ったんだ」

「はぁ？　あるわけないだろ！」

なにを言っているんだと、佑季は立ち上がった。椅子ががたりと揺れる。

「だいたいそんなの、会社がホテルでもなんでも取ってくれるだろう」

実際、ここ数日はホテルに滞在しているというようなことを言っていた。沖津の勤める会社なら、社員一人ぐらい少しの間ホテル住まいをさせたところで、痛くも痒《かゆ》くもないに違いない。

「言っただろう。俺はホテルが嫌いだ」

「じゃあウィークリーマンションでも借りてもらえばいいじゃないか」

「お前、馬鹿か。あんな簡易マンションなんか、隣にどんなやつが住むか分かったもんじゃないだろう。だいたい壁が薄くてキッチンも狭い」

偏見だ。しかも、また馬鹿と言った。

「……あのさぁ、そもそもなんでアンタはさっきっからそんなに偉そうなんだよ」

昔の沖津からは到底想像出来ないような横柄《おうへい》な態度。けれど営業をやっている人間なのだから、それなりに気遣いや気配りは出来るはずだ。いつでもどこでもこんな態度の二十六歳を、まさか幹部候補にしたりしないだろう。

不快を露《あら》わにする佑季に、沖津はなんの迷いもなく言い放った。

「お前より偉いからだ」

「なんでアンタが俺より偉いんだ」

社会での認知度で言えば佑季の圧勝だし、収入だって一介のサラリーマンよりよほど多い自信がある。しかも話の内容を整理するに、どうやら沖津は佑季を頼ってやってきたらしい。たとえそれが、人に物を頼む態度ではなかったとしても。

どこをどう考えても沖津が上位に立てるような状況ではない。

「自分の立場、分かってるのか」

沖津はくつくつと喉《のど》を鳴らした。

「惚《ほ》れたほうが負けだってのは、世の常だろう」

一瞬で腸《はらわた》が煮えくり返った。

「いつの話だよ！」

思わず怒鳴ってしまい、はっと息を呑む。墓穴を掘ったと気がついたが、少し遅かった。

「やっぱりお前、俺のことが好きだったのか」

沖津は意外だとでも言わんばかりに片眉を上げた。

わざとらしい、と佑季は内心で舌を打つ。

佑季が沖津を好きだったなんてことは沖津が一番知っていたはずだ。それとも忘れていたのだろうか。それならそれで忘れたままでいて欲しかった。

やりきれない思いが胸に広がり、佑季は力なく椅子に腰を下ろした。

「……昔の話だ」

「今は好きじゃないのか」

「はぁ？」

佑季の手が震える。どの口がそんなことを言うのか。

「当たり前だろう！　俺が好きなのは、華奢で可愛《かわい》げのある守ってやりたくなるような沖津和臣だ。今のアンタなんて、」

「なるほど。俺は可愛げがあって守ってやりたくなるような存在だったわけだ」

首を絞め上げたい衝動に駆られて、佑季はぎゅっと両手を握り込んだ。

「とにかく、お断りだ。居候なんて冗談じゃない」

「男の一人暮らしにもう一人増えたところで大して変わらないだろう」

変わる。大いに変わる。佑季はただの一人暮らしではないのだ。

佑季はちらりと奥の部屋を見た。カズオミがドア越しに、息を殺してこちらを窺っている、そんな気がする。心配はさせたくない。

「だいたいストーカーなんて危ないやつに狙われたのに一人暮らしなんて無用心だ。番犬だとでも思え」

先ほどは自分の方が偉いなどと嘯いていたくせに、今度は番犬ときた。それに沖津はどうしたって犬なんて可愛いものには見えない。瞳の鋭さは肉食獣さえ連想させる。

「こんなに広いんだ。空き部屋の一つぐらいあるだろう」

「ない」

切って捨てるように即答した佑季を無視して、沖津はリビングに面した扉を指した。

「あっちは」

「俺の寝室だ」

指先が隣の扉に移る。

「そこは」

「書斎」

ふうんと頷き、最後に指さしたのはキッチンの向こう、一番奥まった場所にある部屋だった。

「じゃあ、そこは」

佑季の顔からさっと血の気が引いていく。

「その部屋はだめだ！」

そこはカズオミのための部屋だ。中は八畳のフローリングで、ベッドと本棚、それに机が置いてある。所詮《しょせん》佑季が生み出した幻に過ぎないカズオミがそれらの家具を使うことはない。ただの佑季の自己満足だ。それでも、その部屋にカズオミと自分以外の人間が立ち入ることは絶対に許せない。

過剰な佑季の拒絶に大した驚きも見せず、沖津は立ち上がった。

「……おい？」

諦めて帰ってくれるのかと思いきや、沖津はスーツを脱ぎ捨てて、テレビ前のソファに沈んだ。肘《ひじ》置を枕代わりに寝転がり、目を瞑ってしまう。

「寝る。朝、風呂《ふろ》借りるぞ」

「はぁ？　ちょっと待てよ」

「言っただろう。疲れてるんだ。部屋に空きがないならここでいい」

革張りのソファはゆったりとした三人掛けで、沖津のような体躯《たいく》の男でも充分足を伸ばすことが出来る。だとしても、どう考えたってホテルのベッドの方が安眠出来るに決まっている。

「おい、本当に出てけって。俺は他人が家にいるなんて絶対に嫌なんだ」

「恋人が同棲したいって言い出したらどうするんだ」

「恋人は他人じゃない」

佑季が恋人と言えるような人間関係を築ける相手は、後にも先にもカズオミだけだ。カズオミならすでに一緒に住んでいるし、他人どころか佑季の一部でさえある。

「なら問題ないだろ」

「なにがだよ。問題なんてありすぎて、――っ」

ぐいと腕を引かれる。佑季はバランスを崩して、沖津の身体の上に倒れ込んだ。

「なにするんだ」

慌てて顔を上げると、沖津と視線が交差する。にやりと黒い瞳が勝ち誇ったように笑った。

「お前は俺を好きになる」

低い声が耳朶《じだ》を擽《くすぐ》る。

「な、なに言って……っ」

「絶対だ。だからもう黙ってろ。おやすみ」

そう言うと、あっけにとられる佑季を放置して、沖津は瞳を閉じた。

「……おい」

寝たふりを決め込むつもりか、覗き込んでも反応はない。それどころか、しばらくすると規則正しい寝息さえ立て始めた。ソファに沈んだ大きな身体からは完全に力が抜けている。本当に寝てしまったのだ。佑季を抱え込んだまま。

「し、信じられない」

沖津の身体から起き上がり、呆然《ぼうぜん》と呟く。

道端で捕らえられて、まだ一時間程度しか経っていない。怒涛《どとう》の一時間だった。酔いはとっくに覚めてしまっている。

「布団、持ってきてあげたほうがいいんじゃないかな」

気が付くと、隣にカズオミが立っていた。

「なに言ってるんだ、こんなやつ」

放っておけばいい、という続きは呑み込む。カズオミが困ったように笑っていたからだ。

寝室から毛布を一枚持ってきて長い体躯にばさりとかけたが、沖津はよっぽど深く寝入ってしまったのか、眉ひとつ動かさなかった。疲れていると言ったのは本当なのかもしれない。

カズオミは興味深げに沖津の寝顔を観察している。佑季も並び、端正な顔立ちを見下ろした。

高い鼻梁に意志の強そうな眉。そこには一片の幼さもない。

十年とは、そんなに長い歳月だろうか。初々《ういうい》しかった中学生が、こんな男になってしまうほどに。

「俺が成長するとこうなるんだね」

己の心中を読んだようなカズオミの呟きに、佑季はわざと眉を顰めた。

「カズオミと沖津は違う」

「でも、俺は十年前の彼だよ」

「……それは、姿だけだ」

黒目がちの目、さらさらとした髪に細い身体。

確かにカズオミの顔貌《がんぼう》は中学生時代の沖津そのものだ。頭からつま先まで一分も違《たが》わずに。

それでも佑季にとって、カズオミと沖津は全くの別人だ。

たとえ初恋の相手であったにせよ、沖津は十年も疎遠《そえん》だった他人だ。対してカズオミは、十年間ずっと傍で佑季を受け入れ、支えてくれた大切な人なのだ。同一視出来るはずがない。

「ねぇ佑季、この人と一緒に住んでみたらどうかな」

佑季はぎょっとして目を丸くした。

「なに言ってる！　こんなのが家にいたら、俺はカズオミと話せない」

「昼間は会社に行くんだし、大丈夫だよ。それに一緒に住んだって、寝室や書斎にまで勝手に入ってこないよ」

大丈夫、と笑うカズオミに、佑季は言いようもなく不安になった。

「なんでそんなこと言うんだ」

手を伸ばしてカズオミの頬に触れる。

「それは佑季が一番分かってるはずだよ」

佑季の手に手を重ねて、カズオミは微笑んだ。

「分からない。なんで……」

「大丈夫。本当にダメだと思ったらその時に出て行ってもらえばいいよ」

ね？　と首を傾げる少女のような仕草《しぐさ》に、佑季はぐっと唇を噛んだ。

こんな風にカズオミが無理を通すことは今までにないことだった。自分の生まれた元である沖津に、親近感でも覚えているのだろうか。

「お願いだよ、佑季」

カズオミの懇願《こんがん》に拒否など出来るはずもなく、佑季はただ黙って唇を噛み締めた。


中学生時代、佑季は本当に沖津が好きだった。クラスメイトが馬鹿にしていた、十五歳にしては華奢な身体や幼い顔、気弱な性格も、沖津に恋する佑季にとっては、可愛くて仕方がないだけだった。

『沖津はさ、もっと自信持てばいいんだ』

夕暮れの帰り道、佑季が言うと、沖津は眉を寄せて笑った。

『自信なんて持てないよ。相葉くんと違って、俺はなにも出来ないし』

『俺だってなにが出来るわけでもないよ』

自分の情けなさは、佑季が一番よく知っていた。

『沖津。いい方法教えてやるよ。あのな、』

佑季は立ち止まって、そっと沖津の耳に唇を近づけた。それまで誰にも話したことのない、佑季の内側を、沖津になら話してしまっても構わないと思った。

沖津になら——

「……い、」

夕暮れの景色が歪んで消える。

「……おい」

自分を包む温かな感触に、夢を見ていたのだと、どこか遠くで考えた。懐かしい夢だ。こんな夢を見たのはいつ以来だろう。

「相葉、起きろ」

突然、身体が寒くなる。羽毛布団が毟《むし》り取られたらしい。

「んー……カズ、」

オミ、と呼びそうになってはたと気が付く。カズオミならばこんな乱暴な起こし方はしない。

一瞬で冴《さ》えた目を見開いて身体を起こすと、そこには偉そうに腕を組んだ沖津が立っていた。

昨日の出来事が走馬灯《そうまとう》のように蘇《よみがえ》る。

沖津の身に着けているYシャツが昨日とは違う。宣言通り、勝手にバスルームを使ったのだろう。

「起きろ。飯、出来てるぞ」

おまけにキッチンまで。

このまま布団の中に戻って、もう一度眠ってしまいたい。出来れば夢であって欲しかった。

昨夜、夜道を必死に駆けてからのこと全てが。

沖津は昨日の夜に何度見たか分からない、心底呆れたといった表情だ。

「ったく、何時まで寝てる気だ」

壁にかかる時計は九時を指している。普段の佑季ならばまだまだ寝ている時間だった。けれど、それを言ったところで怠惰《たいだ》だと責められるだけだろう。黙っていると沖津が続けた。

「それにお前、なんだあの冷蔵庫の中身は」

家電量販店で適当に買った、やたら大きな両開きの冷蔵庫には、普段から飲み物ぐらいしか入れていない。だからと言って文句を言われる筋合いはないはずだが。

「おかげで俺は朝っぱらから買い物に行く羽目になった」

矢継ぎ早に飛んでくる言葉に応戦する気力も持てず、佑季はぐったりとした身体を引き摺《ず》ってベッドから立ち上がる。

リビングに行くと、テーブルの上には立派な朝食が並んでいた。味噌汁《みそしる》にご飯、鮭《さけ》に卵焼きと納豆。こんな朝の風景はテレビドラマぐらいでしかお目にかかったことがない。

「……アンタが作ったのか」

「他に誰がいる。俺は出来あいの惣菜《そうざい》だとか冷凍食品だとか、ああいう類のものが大嫌いなんだ」

なるほど。きっと母親が毎日キッチンに立つような幸せな家庭で愛されて育ったのだろう。

考えてみれば中学時代の沖津は、おどおどしてはいたが、決して卑屈《ひくつ》ではなかった。

「手作りなんてぞっとする。納豆嫌いだし」

佑季の呟きを無視し、沖津は椅子に腰を下ろして手を合わせた。

「ガキみたいなこと言ってないで、お前も座れ」

「俺に命令するなよ」

「お前が食わないなら残飯になるだけだ」

ふいに視線を感じて振り返ると、カズオミがソファの上にちょこんと座り、心配そうに佑季を見つめていた。食べた方がいいよ、と視線が訴えている。

仕方がなく沖津の前に座り、のろのろとした動作で箸《はし》を持った。

身体に浸《し》み込むような温かい味噌汁と炊き立てのご飯。慣れない味を恐々《こわごわ》と咀嚼《そしゃく》する。その様子を見ていた沖津が箸を止めて、溜息を吐いた。

「好きな食い物は」

「カップラーメン」

「他には」

「カロリーメイト」

「他」

「宅配ピザ」

「……いい加減にしろよ」

ふざけてはいない。舌に馴染んだ味で、落ち着く物ばかりを挙《あ》げた。けれど説明するのも億劫で、佑季は自分がよく口にする物の中から、沖津が納得しそうな物を選び出そうと頭を捻《ひね》る。

「……じゃあ、シブースト」

甘いものは嫌いじゃない。特にケーキ。それもシブーストは、時折自分でも買いに出かけるほど好きだ。そこには特別な理由もあった。もちろんそんなことを沖津に説明するつもりはないが。

「今は飯の話をしてるんだ」

沖津は盛大に眉を顰めた。

「食い物は最低、睡眠時間も不規則。このままだと絶対に早死にするぞ」

「うるさいな、関係ないだろ。それよりアンタ、仕事は？」

「おまけに曜日感覚も狂ってるのか。今日は土曜日だ。とりあえず後でホテルに行って、荷物を持ってくる」

ここに住むことはすでに決定事項になっているらしい。飛び出しかけた抵抗の言葉は、横から感じたカズオミの視線に制され、味噌汁と一緒に嚥下《えんか》された。

「ついでに買い物もしてきてやる。今朝は最低限の物しか買ってこなかったからな。今夜、食いたい物は」

「マック」

「却下だ」

だったら訊くなと悪態を吐いて、佑季は自棄《じき》気味に納豆を掻き込んだ。刻み葱《ねぎ》と鰹節《かつおぶし》が入っていて想像したほど食べにくくはない。

相変わらずソファの上ではカズオミが心配そうにしている。

「会社の独身寮に空きが出来るのはいつになるんだ」

「入寮してる誰かが結婚するか会社を辞めるか、転勤すればすぐにでも空くんじゃないか」

まるで他人ごとと言わんばかりの言い草だ。

きちんとした社会人経験のない佑季はサラリーマンのことなどよく知らないが、沖津が勤めるのは全国どころか海外にも子会社を持つ製薬会社だ。膨大な数の社員を抱えているに違いない。だとすれば、結婚も退職も転勤もそう珍しいことではないだろう。

佑季は箸を置いて、正面から沖津を睨み据えた。

「空いたらすぐに出て行ってくれ。それから寝室と書斎、特に奥の部屋には絶対に入るな」

「他には？」

「俺の生活リズムに口を出すな。極力話しかけても欲しくない。風呂もキッチンも好きに使ってくれていいけど、今度から俺の分は作らないでくれ」

それが最低ラインの妥協点だ。とはいえ、佑季が妥協するのは宿に困っている沖津のためではない。ずっと心配げにこちらを窺っているカズオミのためだ。

「不味かったのか」

なにを訊かれたのか理解出来なかった佑季に、沖津はゆっくりと繰り返した。

「不味かったのか、と訊いたんだ」

顎《あご》をしゃくって指し示すのは佑季の前に並んだ皿だ。茶碗《ちゃわん》にはもう米一粒だって残っていない。無意識のうちに、ずいぶんと箸が進んでいたようだ。

「……………美味《うま》かった」

佑季は逡巡《しゅんじゅん》した末、蚊《か》の鳴くような声で渋々答えた。

ジャンクフードは好きだが、佑季だって味音痴なわけではない。簡素だが丁寧に作られた朝食は、違和感を齎したものの、不味いはずがなかった。

「そうか」

ふと沖津の口元が緩んだ。他意のない笑顔はそれまでの偉そうな表情と異なって、沖津を少しだけ幼く見せる。

どきりとした。

どうしてだろう。こんなに変わってしまったのに、昔の可愛げなんて爪《つめ》の先ほども残っていないのに、どうして同じ笑い方をするのだろう。

「おかわりは」

「いらない」

必要以上にぶっきらぼうな声になってしまった。だが、それまでの態度だって到底好意的とは言えないものだったせいか、沖津が佑季の態度に疑問を持った様子はない。

心臓が鳴りやまない。顔が熱いと感じるのは気のせいだと自分に言い聞かせ、佑季は気まずさに負けてそっぽを向いた。

3

灰皿には吸殻がこんもりと山になっている。

パソコンの白い画面を前に、何度目か分からない溜息を吐いた。

「佑季、ちょっと休憩したほうがいいんじゃないかな」

覗き込んできたカズオミに、佑季は力ない笑みを向ける。

「……うん。そうだな」

牧村に勧められて再び文章を書くようになってからこちら、スランプなんてものとは無縁だった。

今抱えている原稿は三つ。そのうちの一つの締め切りが差し迫っている。一週間前になっても終わりが見えない。こんなことは初めてだ。短編の原稿でよかったと、心底安堵《あんど》する。とはいえ、このままの状態であれば、どこかで一度出版社に連絡を入れなくてはならない。

サイレントモードにしていた携帯を見ると、いつの間にか着信が入っている。表示されているのは母親の名前だ。佑季は携帯を机の上に放り出した。今は到底、あの金切り声を聞く気にはなれない。

「沖津和臣との生活はそんなに負担？」

カズオミの問いに、頬杖《ほおづえ》をつきながら深い溜息を吐く。

「あいつ、俺の言ったこと全然守らないからな」

沖津が佑季の生活に踏み込んできて、もう少しで一週間が経つ。

沖津は、初めに佑季が出した条件をちっとも守ろうとしなかった。

朝八時に佑季を叩き起こして、無理やり食卓に着かせるなんてのは序章に過ぎない。出社した後も、昼は食べたかだの、今夜はなにが食べたいかだのという下らないメールを、味も素っ気もない文章で送ってくる。

忙しいと言っていただけあって、帰宅時間が日付を超えることもあったが、それだってこの一週間で二日程度のことで、大抵は八時すぎには帰ってきてキッチンに立っている。

さすがに書斎に籠もってパソコンに向かっている時にむやみに声をかけてくることはないが、扉一枚挟んで他人がいるという状況では、落ち着いてカズオミと触れ合うことも出来なかった。

おかげでフラストレーションは積もるばかりで、原稿が進まない。

「百害あって一利なしだ」

カズオミは困ったように眉根を寄せた。

「根を詰め過ぎるのは良くないよ。お風呂でも入ってくれれば？」

時計を確認すると八時だった。

いつものこの時間ならば、いつ沖津が帰ってくるか分からない不安でおちおちカズオミと話してもいられないが、今日はまだ気を揉むこともない。朝、今日は遅くなると言って出て行ったからだ。

佑季は椅子から立ち上がって、カズオミに手を差し出す。

「一緒に行こう」

「うん。いいよ」

にこりと笑ったカズオミを伴って、バスルームに向かった。

脱衣所で服を脱ぎ捨ててバスルームに入る。シャワーのコックを捻ると、温《ぬる》めのお湯が降ってきた。身体を伝って流れていく水が排水溝へと吸い込まれていく。

学生服のままバスタブの縁に腰掛けて、カズオミが佑季を見上げた。

「でも俺は悪いことじゃないと思うな」

「なにが？」

「佑季が朝ちゃんと起きたり、ご飯食べたりするの」

確かに、今までかなり自堕落《じだらく》な生活をしていたことを否定は出来ない。沖津が現れたことによってその生活が、この数日で劇的に改善されているのも確かだ。

けれどそれがいいことだとは、佑季には思えなかった。事実、原稿が進まないという実害が出ている。予定通りに進んでいれば、今日はもうまとめに入っていたはずだ。

「俺は早くカズオミと二人っきりの生活に戻りたいよ」

「でもさ、あの人は」

珍しく追い縋《すが》ろうとしてきたカズオミを見下ろして、佑季は言葉を遮った。

「どうしてそんなに沖津の話ばかりしたがるんだ」

カズオミの戸惑う気配が伝わってくる。

「だって、それは……」

「ごめん、責めるつもりじゃなかった。ただの嫉妬《しっと》だ」

佑季はシャワーの温度を上げた。

カズオミは悪くない。佑季が縋り愛している幻は、常に佑季のことを考えてくれているだけなのだ。

「ねぇ、佑季」

バスタブから腰を上げて、カズオミが佑季に寄り添った。濡れた佑季の頬にあてられた華奢な手が濡れることはない。

「大丈夫だよ。佑季はちょっと戸惑ってるだけなんだ。ちゃんと分かる時がくるから」

「分かるって」

「今はもっと気持ちを楽にして」

カズオミがそっと佑季の唇にキスをする。頬に触れていた手は胸へ滑り、やがて下肢に辿《たど》り着いた。

もちろん、感触なんてあるわけがない。けれど視覚から与えられる僅かな快感を追っていると、本当に触れられている気がして背が震える。

「ふっ、……あっ」

佑季は無意識に自分の手で性器を握り込んだ。降り注ぐお湯と緩く擦りつける手の刺激で、熱は容易に勃《た》ち上がる。

カズオミが額《ひたい》を合わせて、佑季の目元に宥《なだ》めるような優しいキスをした。

「はっ、あ……カズ、オミ……っ」

カズオミ、カズオミ、と熱に浮かされるように繰り返す。

ここしばらくしていなかったせいだろう。あっという間に限界を迎える。

「ん……は、……あぁっ」

どくどくと白濁《はくだく》が吐き出され、お湯に交じって流れ落ちた。足元をじっと見つめていると、熱に支配されていた頭に思考が戻ってくる。

隣にいたはずのカズオミの姿がないことに気が付いて、佑季は振り返った。

「カズ――っ」

身体が硬直する。

「……お、沖、津……？」

佑季は快楽を追うことに必死で、背後の音に、ちっとも気が付かなかった。

まだ当分帰ってこないだろうと思っていた同居人が、両腕を組んで開け放たれたアコーディオンドアに寄りかかっていた。

黒い瞳がまっすぐ佑季を見つめている。

止めどなく降り注ぐお湯が佑季の身体を打っているというのに、頭から爪の先まで急に冷水を浴びたように寒くなった。

「な、なに見てるんだよ。閉めろ！」

衝動的な焦燥《しょうそう》に突き動かされて、佑季は扉に手を伸ばす。けれど手首をものすごい力で捕えられて、佑季の指は取っ手まで届かなかった。

「――っ、なにする、」

振り仰いだ先には沖津の瞳。よく見るとほんの少し茶色がかっていて、その奥に熱が籠もっていた。

「お、沖津……？」

戸惑う佑季を無視して、沖津はワイシャツが濡れることも気にせず、バスルームに押し入って来た。

「おい、服が」

Yシャツはともかくスラックスはまずいのでは、などと間の抜けた佑季の心配は、沖津の耳に入っていないようだった。

「呼べよ」

「……え」

「和臣って、もう一度呼べ」

目を瞠る。驚きと混乱でなにも言えないでいる唇を、沖津の唇が塞《ふさ》いだ。

「ふっ、ま、て……んぁっ」

空気を求めて開けた唇に舌が潜り込んでくる。唾液《だえき》とお湯が混ざり合って口内を犯した。

「——ひぁっ」

太ももに当たった布越しの硬い感触に、佑季は身を竦ませる。それがなんであるかは本能的に理解していた。

大きな手が熱を吐き出したばかりだった佑季の熱を掴む。

「やだ、……違っ」

「佑季」

耳朶を犯す低く甘い声に眩暈《めまい》を覚えた。なんとか逃れようと身体を引くが、後頭部が壁のタイルに押し付けられ、逃げ場を失う。

「んぁ、ん、ん」

再び徐々に勃ち上がり始める熱を、佑季はどうすることも出来ない。

沖津が空いた片手で器用にベルトを緩める。意図を察して、佑季は力の入らない手で抵抗を試みた。

「や、やだ、やめろよ、違うんだ」

「なにが?」

口ではそう訊きながらも、佑季の言い訳を待ってくれる様子はない。

沖津はスラックスの内から取り出した熱を佑季の性器と一緒に握り込んだ。

「……あっ、んんっ」

沖津の指は巧みに佑季を追い上げていく。先端の割れ目を強く刺激されて、佑季の昂《たかぶ》りが限界を迎えた。

「——んあぁっ」

どくどくと白濁が放たれて、沖津の手を汚す。遅れて沖津も射精した。

二人分の精液がお湯に流されていく。

情けなくて涙が出た。お湯が誤魔化してくれると思ったが、目ざとい沖津はすぐに気が付いたようだった。

「……泣いてるのか」

長い指が佑季の目じりを拭う。思いのほか優しい仕草に驚いて、さらに涙が溢れた。

「アンタじゃ、ないんだ」

昂る感情が制御出来ない。

「俺のカズオミは、アンタなんかじゃないんだっ」

叩きつけるような言葉がバスルームに響く。

こんなことを言われても、沖津は意味が分からないだろう。それでも、言わずにはいられなかった。

「佑季」

「名前で呼ぶな」

沖津は大きな溜息を吐いた。

「……悪かった。俺が勝手に暴走したのは認める」

そう言うと、コックを捻ってお湯を止める。

「とにかく、上がろう。風邪《かぜ》をひく」

ひくひくとしゃくりあげながら、佑季は沖津の腕に促されて立ち上がり、バスルームを出た。

自棄になっていたのかもしれない。

真実を聞いて沖津が家を出て行ってくれるならばそれが一番いい。そう思い、服を着てリビングに戻った後、もうどうにでもなれと、ぽつぽつとカズオミについて話した。

佑季の話に沖津は黙って耳を傾け、聞き終わってしばらくしても、黙り込んだままだった。

二人の前には沖津の淹れたコーヒーがあったが、どちらも口をつけようとはしない。

「いかれてると思ってるんだろ？　どうせ俺はいかれてるよ」

力なく吐き出した言葉に、沖津は首を振った。

「そうは言ってない」

けれど思ってはいるはずだ。誰が正常だと思うだろう、幻覚を見るだけでなく、依存《いそん》して、愛しているなんて。

「お前がそのカズオミを作り出したのは、もしかして」

昔の話を持ち出そうとする気配を敏感に察知して、「違う」と佑季は吐き捨てた。

「関係ない。俺の中では終わったことだ」

これ以上話を長引かせるなんて耐えられない。昔のことを持ち出すならばなおさらだ。思い出すのも嫌だった。

「分かったらさっさと出て行ってくれないか。ホテルでもなんでも、ここにいるよりはアンタだってマシだろう」

幸いカズオミの姿はない。今なら、沖津を追い出せる。沖津がいなくなって、佑季はカズオミとの生活に戻る。これで万事解決だ。

「そのカズオミっていうのは俺なんだな」

佑季の言葉を無視した沖津の発言が頭にくる。

「だから違うって言ってるだろう！　いったいなにを聞いてたんだよ」

「なら質問を変える。昔、本当にお前は俺を好きだったんだな」

この上、なにを確認したいと言うのか。佑季が沖津を好きだったことは分かっているはずだ。沖津が最初にこの家に来た日に口を滑らせた時、「やっぱり」と沖津だって言っていた。

「だから昔のことは関係ないって」

「好きだったんだな」

射抜かれそうな視線に、佑季はぎゅっと唇を噛んだ。これ以上、なにを言わせたいのか。佑季から肯定の言葉を引き出して、優越感にでも浸りたいのだろうか。それならそうすればいい。

「好きだったよ！　俺はアンタが好きだった！　だからってこの年になるまで引き摺ってるわけないだろう。今のアンタなんて大っ嫌いだ」

沖津が目を眇《すが》める。少し傷ついたように見えたのは、きっと気のせいだ。激昂《げっこう》する佑季とは対照的に、沖津の視線は静かだった。

「……俺も好きだったよ」

佑季は一瞬、幻聴でも聞いたのかと思った。

「はぁ？　そんなわけないだろ。だってアンタ」

　追求しようとして言葉を呑む。

　きっと友達としてとか、そういうきれいごとが飛び出すのだろう。そんな言葉は聞きたくない。惨めになるだけだ。それにあの頃の沖津が佑季を友として慕ってくれていたのは、佑季が一番よく知っている。

「とにかく、昔のことはどうでもいい。大事なのは今なんだ」

　カズオミを愛している今だ。佑季にとってはそれが全てだ。

　沖津は「そうだな」とあっさり頷いた。

「だが、これからのことだって、今と同じくらい重要だろう」

「……これから？」

　沖津はコーヒーを一口飲んで、再び佑季を見据えた。

「言っただろう、お前は俺を好きになる」

「……またそれかよ」

　まるで予言めいた言葉に辟易する。

「またもくそもあるか。いいか、お前は俺を好きになるんだ。幻覚じゃない。この俺だ」

「ふざけるな。俺はカズオミさえいればいいんだ」

　佑季の言葉に、沖津がふと笑った。

「お前にそんな風に言われるのはおかしな気分だ」

精悍《せいかん》な口元に浮かんだ笑みに皮肉めいた様子はなかった。居たたまれなくなって佑季は目を逸らす。

「アンタのことじゃない」

「分かってる。いいか、佑季」

「だから名前を呼ぶなって」

佑季、と自分のことを呼ぶのはカズオミだけでいい。

「俺を見ろ」

本当に人の話を聞かない。だからといって佑季が無視をすることは許さないのだ、この男は。

佑季は仕方がなく視線を沖津に戻した。

「俺は、……俺が、お前が好きだった沖津和臣だ。俺を見ていろ。俺は幻覚なんかに負ける男じゃない」

「なんかって言うな！」

佑季は机を叩いて立ち上がる。

見ていろなどとよく言えたものだ。沖津は分かっていない。佑季にとって、沖津和臣という人間を見ていることが、どれほどつらいことか。

沖津に背を向けて寝室に駆け込む。ベッドに倒れ込むと、気遣わしげな声がした。

んだ。

「佑季?」

いつの間にかカズオミがベッドの縁に腰掛けている。佑季の髪を優しく撫でて、静かに微笑
「つらくても、逃げちゃだめだよ」

「カズオミ、なんでそんなこと言うんだ」

今までずっと、佑季の望むままのことをして佑季の望むままのことしか言わなかったのに。

カズオミは微笑んだまま、佑季の額にそっと唇を落とした。

「佑季は、彼が怖いんだね」

カズオミの言う通りだ。沖津が怖い。

視線、言葉、態度。沖津和臣という存在全てが怖くて怖くて仕方がない。

沖津に対する自分はまるで警戒心丸出しの猫のようだ。毛を逆立てて、こっちに近づいてく
るなと必死に威嚇《いかく》している。それにも拘わらず、沖津はどんどん間合いを詰めてくる。こちら
が噛みついても、少しも構わないと言わんばかりの様子で。

「佑季、大丈夫だよ。その恐怖は、決して悪いものじゃないから」

カズオミの言うことが、佑季には理解出来なかった。

昨晩の出来事が響いてかそれとも休日だったからか、翌朝、沖津はいつものように佑季を叩き起こしには来なかった。その代わりに佑季の眠りを引き裂いたのは、けたたましい携帯の着信音だった。

反射的に通話ボタンを押して、佑季はすぐに後悔した。

『ちょっと、佑季さん？』

「……おはようございます、母さん」

『すぐに出なさいっていつも言ってるでしょう！　昨日だって電話したのに、出やしないんだから』

「すみません、仕事が立て込んでいて」

『大した仕事でもないのに、言うことだけは一人前ね』

「すみません。……あの、なにかありましたか？」

ベッド脇にカズオミが現われる。身体を起こしてベッドに座り込んだ佑季の横に、ちょこんと腰を下ろした。

『なにかありましたかじゃないわよ。あなたね、今月の振込みがないじゃない』

「……あぁ」

壁に貼《は》られたカレンダーをぼんやりと見つめ、佑季は呻《うめ》きにも似た声で相槌《あいづち》を打った。

色んなことがありすぎてすっかり忘れていた。

「すみません、今日にでも」

一刻も早く電話を切り上げたくて言うが、母親は「あのねぇ」と強い口調で続けた。

『前から思ってたんだけど、あなたは私をなんだと思ってるの？　こんな風に蔑《ないがし》ろにして、感謝のかけらも見えないじゃない』

「……すみません」

母親と会話を交わす中で、今まで佑季がもっとも多く口にしているのがこの言葉だろう。もう重みもなにもあったものではない。それを母親も感じているのか、「あなたはいつもそれね」と言って、嫌味だか小言だか分からない内容が続く。電話を無視したことと振込みを忘れていたことがよほど効いているのだろう。

胃が痛い。胃だけではない。頭も気分も最悪だ。

しばらく黙って聞いていると、一通り鬱憤《うっぷん》をぶつけ終わった母親は「今日中に振り込むのよ」とだけ言い残し、佑季の返事も聞かずに電話を切ってしまった。

「……はぁ」

重い溜息が漏れる。カーテンの向こうは明るく、鳥の声が聞こえる。自分の気分とは正反対の天気だ。忌々しい。

「佑季」

隣に座っていたカズオミが立ち上がって正面に立ち、佑季の頭を抱き締める。

「大丈夫、大丈夫だよ」

　感触はないのに、頭を優しく撫でられている、そんな気分になった。胸の中に溜《た》まった蟠《わだかま》りが消えていく。このままずっとこうしていたいと思った瞬間、部屋の扉がノックされた。カズオミがすっと身体を引いてしまう。

「……はい」

　佑季の声は明らかに怒気を孕《はら》んでいたが、相手は気にせず扉を開けた。

「珍しいな、起きていたのか」

　部屋に入ってきた沖津は土曜日にも拘わらず、スーツを着ている。休日出勤でもする気なのだろうか。それとも昨日の佑季の告白が気持ち悪くて、この家から出て行くのか。それならそれで、万々歳《ばんばんざい》だ。昨日のことはもう、佑季も思い出したくもない。

　しかし沖津が言ったのは、佑季にとっては心底どうでもいいことだった。

「朝食は作っておいたから、」

　そこで沖津の言葉が途切れる。

「なに」

「……なにがあった」

　ぴくり、と肩が揺れた。

　動揺したことを気取られたくなくて、佑季は沖津を睨み付ける。

「なんだよいきなり。別になにもない」

「なにもないって顔じゃない」

そう言って近寄ってきた沖津は、ふいに手を伸ばしてきた。

「触るな!!」

佑季は反射的に伸びてきた手を振り払う。先ほどまで自分に触れていたのはカズオミだったのに。沖津さえいなければ、今もきっとそうだっただろうに。

「俺はカズオミと、カズオミだけと一緒にいたいんだ。放っておいてくれ!」

視界の端に映ったカズオミは眉根を寄せている。最近はこんな顔をさせてばかりだ。

沖津は動じた様子も見せずに手を引き、周囲にぐるりと視線を巡らせた。

「いるのか、ここに」

「いるよ、いつでも」

自棄になって答える。どうせもう知られているのだ。どれだけ頭がおかしい人間だと思われようと、今さらだった。狂人や病人だと言われても、「だからなんだ」と開き直るつもりだ。

けれど沖津は、「ならいい」と頷いて佑季に背を向けた。

「ならいいって、なんだよ」

「そのカズオミとやらにお前を任せても大丈夫だろうということだ」

「……出て行くのか」

振り向いた沖津は片眉を上げた。

「会社に行って来るだけだ。月曜日までにやっておきたい仕事がある」

カズオミがあからさまにほっとした顔になる。どうしてこうまで沖津に拘《こだわ》るのか、佑季はまったく理解出来ない。自分はずっと、カズオミと二人だけでいたいのに。

佑季の心中など気にも留めていなさそうな沖津は、扉の前まで行ってから振り返った。

「佑季。お前、午後の予定は」

「だから、名前で呼ぶなって。……仕事に決まってるだろ」

「ここ数日ずいぶん部屋に籠もってるが、進んでるのか」

うまく進んでいないない原因となっている張本人がしれっと尋ねてくることに腹が立つ。

「関係ない」

これ以上答えまいと唇を引き結ぶ。沖津は特に気にした様子もなく、そのまま部屋から出て行った。

沖津が外出し、完全に人の気配が消えたのを見計らってリビングに行くと、相変わらず完璧な朝食が並んでいた。ご飯と味噌汁を前にぐぅと腹が鳴る。食べなかったら文句を言われるのは目に見えている。そう自分に言い訳をして、佑季は椅子に座った。

初日に嫌いだと言った納豆は、今日も食卓に並んでいる。

少し温くなってしまった味噌汁はそれでも充分な味だ。

「美味しい？」

カズオミの問いに、こくんと頷く。

昨日の今日で、沖津はこれをどんな気分で用意したのか。今朝だって、ちっとも変わらなかった。

「どうして、あんなに普通でいられるんだ」

幻覚を見ている人間に、しかもそれを愛している人間に対して、気味悪がるような素振りが全くない。それも、幻覚の元は昔の自分だというのに。

胸に形容しがたい感情が降り積もっていく。不安のような、焦燥のような、もっと別のなにかのような。あやふやな感情をぐっと自分の中に閉じ込めると、佑季は朝食を全て胃の中に収めた。


ピリリ、と携帯が鳴ったのは、一時になる頃だった。佑季は咥《くわ》えていた煙草《たばこ》をパソコン横の灰皿に押し付けて、乱暴な手つきで携帯を引き寄せる。新着メールが一件。

『一時半に新宿南口に来い』

簡素なメールの送り主は沖津だ。佑季は携帯を戻してパソコンに向き直った。

「行かないの？」

カズオミが横から覗き込んでくる。

「こんな一方的な呼び出しに応じる義理はないよ」

「俺は、行った方がいいと思うな」

佑季はパソコンに戻しかけていた指を止めた。椅子を回転させてカズオミに向き直る。

「……カズオミは、本当にずいぶん沖津に入れ込むんだな」

黒い目がぱちぱちと瞬《またた》いて、少し困ったように佑季から逸らされた。

「それは、う～ん……どう言ったらいいか……でもさ、ほら。外に出るのは気分転換にもなるかもしれないよ」

どうせパソコンに向かうだけで、仕事は大して進んでない。一文書いては消し書いては消しという、とうてい生産的とは言いがたい行動を繰り返していた佑季は、反論することも出来なかった。

指定の時間は一時半。今出かければ指定の時間にちょうど到着するだろう。

ただでさえ外出は億劫だ。その上、目的も分からない沖津の呼び出しに応じるなど拷問に近い。それでも佑季はパソコンをシャットダウンした。

「佑季！」

ぱっとカズオミの顔が輝く。この表情を見られただけで、良い判断だと思えないこともない。

それに、確かにカズオミの言うとおり、外に出れば気晴らしにもなるだろう。

「行ってくるよ」

昼間の外出時には決まって被《かぶ》っている帽子を手に取り、コートを羽織って、佑季はカズオミが手を振る玄関を後にした。

土曜日の新宿はごった返していたものの、沖津を見つけるのは容易だった。

佑季も他人のことを言えた義理ではないのだが、沖津は立っているだけでずいぶんと目立つ。

「アンタ、暇なのか」

合流場所で開口一番に叩きつけた佑季の言葉に、沖津は肩を竦めた。

「暇なら休日ぐらい家でゆっくりするさ」

「だったら仕事しろよ」

「終わらせてきた」

「アンタ営業の人間なんだろう。取引先にご機嫌伺いにでも行けばいいじゃないか」

課長であるならば平社員のようにせこせこと外回りしなければならないなんてことはないだろうが、担当の一つや二つはあるだろう。病院やドラッグストアならば、土日などあまり関係ないはずだ。

「社内業務の引き継ぎが終わったばかりなんだ。今のところご機嫌を伺わなきゃならないような取引先はない」

「じゃあ会社の人間と親交を深めろよ」

「毎日顔を突き合わせてるんだ。休日まで割く必要はないだろう」

馬鹿かとでも言いたげな態度に、佑季は眉根を寄せた。そんな理由ならば、佑季の方がよっぽど毎日顔を合わせているではないか。

目深に被った帽子の下から沖津を睨み上げて、矛盾する発言を攻撃しようとしたところに、

「あれ？」と後ろから声が聞こえた。

「課長じゃないですか」

振り返ると、スーツ姿の女性が一人、雑踏の中から駆け出してきた。佑季たちと同年代か、もしかしたら少し上かもしれない。ばっちりと化粧の施《ほどこ》された顔は美人の範疇《はんちゅう》だが、いつも手ぬかりなく完璧なメイクをしていた母親を連想させて佑季はそっと顔を逸らした。

沖津が佑季の前に出て、女性の正面に立つ。

「あぁ、河内《かわち》さん」

声音は少しよそよそしくも聞こえるが、佑季に対するものとは比べものにならないほど穏やかだ。想像してはいたが、やはり会社ではそれなりに愛想良くしているらしい。

「課長、金曜日に部長から渡された新薬関係のファイルなんですけど」

「問題ありませんでしたよ。全部整理して必要な書類は部長の机に提出しておきました」

「え!?　もうですか」

「大した量じゃなかったですよ。それより河内さんは、土曜日まで外回りなんて大変ですね。お昼はきちんと食べましたか？」

「いえ、次の営業先に行くまであんまり時間がないのでそこのコンビニで買って車中でお昼済ましちゃおうと思って」

　食にうるさい沖津のことだ。きっとなにか苦言めいたことを口にするに違いないと思いきや、沖津は鷹揚に頷いただけだった。

「これから行くの、新庄さんのところですよ。課長、お友達なんですよね」

「はい、中学の同級生です。よろしく伝えておいて下さい」

　沖津の上背に隠れていた女性がひょいと佑季を覗き込む。

「その方もお友達ですか？」

「ええ。今、彼の家に世話になってるんですよ」

　大きな手がぽんと、佑季の頭を帽子の上から叩いた。ただでさえ深めにかぶっていた帽子がずれて完全に目元を覆う。

「あぁ！　独身寮の件ですよね。大変でしたねぇ」

　大変なのは俺だ、と突っ込みたい気持ちを佑季は懸命に呑み込んだ。

「でもそっか～、本当にお友達のお家だったんですねぇ」

「本当にってどういう意味ですか？」

「絶対彼女だって、みんなと話してたんですよ。ほら、課長昨日の飲み会、突然帰っちゃったじゃないですか。同居人が気になるからとか言って。それに東京にはご自分で希望して来られたって話だし、もしかして恋人と遠距離恋愛でもしてて耐えられなくなってこっちに来たんじゃないかって……」

沖津は、ははは、と声を立てた。家では聞いたことのない笑い声に背中が寒くなる。

「いい歳して恋愛に傾倒している上に、堪《こら》え性のない男だと思われていたわけですね」

「だってこんないい男が突然やってきたら、噂《うわさ》の一つや二つしたくなりますもん。課長には申し訳ないですけど」

「いえ、むしろ本性を言い当てられたので驚きました」

女性がころころと笑った。

外ではこんな軽口も叩くらしい。予想していたものの、自分に対する態度とのあまりの落差に呆れ返ってしまう。

「私、そろそろ行かなきゃ。あ、課長、また空いている日があったら教えて下さいね。昨日のやり直し、しましょう。みんな、特に事務の女の子たちの残念がり方普通じゃなかったし。同居相手が彼女じゃないって知ったら、あの子たちテンションあがりますよ～」

そう言う彼女自身、かなり嬉しそうだ。

こんな男のどこがいいのだろうか。世の中の女性がえてして端正な顔の男に弱いことは、佑季だって身を以て知っている。けれど、沖津に関しては本性を知っているせいで理不尽にしか感じられない。

　ぶすりと膨れていると、再び女性が佑季に話しかけてきた。

「お友達さんも一緒にどうですか？　課長のこと色々教えてくださったら嬉しいです」

「いや、彼はあまり大勢の場は得意ではないので」

　答えたのは沖津だ。

　なにを勝手に決めつけているのかと思ったが、内容はその通りなので反論しがたい。それに、沖津について佑季が教えられることなどなにもないのだ。むしろ、佑季が誰かに教えて欲しい。沖津がどうしてこんな風になってしまったのか。

　手を振って去っていく女性が人ごみに紛れると、佑季は帽子を目の上までずらして沖津を睨み上げた。

「俺とアンタはお友達だったわけか」

「なんだ恋人がよかったのか」

　しらっと言ってのける態度が気に入らない。口調も目つきも、先ほどとは比べものにならないほど粗野だ。

「そんなわけないだろ！」

「なら問題ないだろう。時間をとられたな。行くぞ」

　歩き出した沖津の背を仕方なく追う。

「行くって、どこへ」

「適当に飯でも食って、あとは、その時の気分だな」

「はぁ?」

いったい、なんのために呼び出されたのか。

「お前は少し外に出たほうがいい。あんな部屋に閉じこもって煙草ばっかり吸ってたら早死にするぞ」

最初に出会った時、佑季が家にいないことをぶつくさ言っていたのは誰だったか。

矛盾を指摘してやろうとしたが、ふと、出かける前のカズオミの言葉を思い出す。

「……アンタ、もしかして」

気分転換につれてきたつもりだろうか。

考えて見れば、沖津は今朝、佑季の様子が変だったことに気がついていた。午後の予定を訊いてきたのはその後だ。

「なんだ?」

振り返った沖津に、佑季は言葉を続けることが出来なくなる。

本当にもし、気分転換させるために自分を誘ったのだとしたら、どう反応していいのか、分からない。

精神状態を気遣ってくれるなら、アンタが家から消えるのが一番だ。

そう思うのに、言葉は決して唇を割って出てはこなかった。

「……なんでもない」

佑季は足を速め、沖津を追い越した。どうしようもなく戸惑っている自分を、沖津には絶対に気がついて欲しくないと思いながら。

4

牧村が臨床心理士として働く病院は、屋上を高い柵《さく》で囲って樹木を茂らせ、患者たちに開放している。甲高い子供の声が響く青空の下、缶コーヒー片手に牧村は目を丸くして佑季を凝視した。

「なに、それ？　どうしてそんなことになってるの」

「俺が知るか」

「カズオミくんの元となった男かぁ。まぁ、そういう人間がいるんだろうなとは思ってたけど……。で、土曜日はその大人のカズオミくんとデートだったわけだ」

「あいつのことをカズオミくんなんて呼ぶな。デートってのも気色悪い」

あれはデートなんて代物《しろもの》ではなかった。昼食を取って、適当に街をぶらつきながら本屋に寄ったり電気屋に寄ったりしただけだ。

「それ、世間一般ではデートって言うと思うけど」

「違う。……なぁ、会社の寮ってそんなに空かないものなのか」

沖津に訊いても「連絡はない」の一点張りだ。

「さぁ、それは僕にもよくわからないけど」

「原稿も進まないし、最悪だ」

こうして牧村とベンチに座っていると、世の中は平和そのものに感じられる。けれど家に帰れば沖津がいる。沖津がいると、佑季は心を平常に保てなくなる。

「原稿が進まないって、まずいんじゃないの？」

「まずいさ」

今までこんなことはなかった。それどころか書くことだけが佑季の唯一の趣味のようなもので、特に締め切りに急かされていない時だって手慰みになにかしら書いてはいた。

今週末が締め切りの短編は、このままでは上げることは出来ない。溜めこんでいた中から似たようなテーマのものを引き出してくるしかない。提出しているプロットに強引に近づけるくらいは、三、四日でも出来るはずだ。

「いや、そりゃ締め切りも大事だけどさ、それより精神的に」

「精神的に？　そんなの沖津が来た日からどん底だ」

多少の山や谷はあった人生だが、最近はずいぶん穏やかに暮らしていたのだ。このままゆっくり年を取っていけるなら幸せだった。

それなのに沖津が、佑季が一生会いたくないと思っていた相手が、訳のわからない理由で十年ぶりに目の前に現れた。そしてこれまた訳のわからない行動で佑季を振り回す。

沖津の一挙手一投足が佑季のストレスだ。

佑季は俯《うつむ》いてこめかみを押さえた。

「原稿が進まないのも問題だけど、カズオミもあいつの話ばっかりで」

「……カズオミくんが？」

牧村が訝《いぶか》しげに眉を寄せる。

「ねぇ、相葉それって」

いつも快活に話す牧村には珍しく、少し言いよどんだ。

「なんだよ」

佑季が顔を上げて先を促す。牧村はそれでもまだ迷い、やがて躊躇いながら口を開く。

「相手の一挙一動が気になる。他のことに集中出来ない。自分がどう思われてるか不安。そういう相談、よく患者さんからされるよ。中学生とか高校生の女の子が多いけど」

わぁ、と子供の歓声が遠くで聞こえる。一瞬、意識が遠のいたような感覚に襲われた。

「……なにが言いたいんだよ」

うまく声を出すことが出来ず、変に掠《かす》れる。

「恋の相談だよね、そういうのは」

「一緒にするなよ！」

「でもさ、そんなもんじゃない。恋って」

　確かに中学生の頃、沖津に想いを寄せていた佑季は同じような悩みを抱えていたかもしれない。けれど沖津に対する恋心など、十五歳の頃にきれいさっぱり捨ててしまったはずだ。それに今、佑季が沖津に抱える感情はあの頃のようにきれいなものではなく、もっとどろどろとして濁っている。

「……違う。絶対に違う」

　空になった缶を牧村がゴミ箱に向かって投げる。きれいな放物線を描いて、缶はすとんとゴミ箱の中に落ちた。

「それにしても、男前と同居なんて美味しい状況だなぁ。僕なら沖津さんのこと本当に好きになっちゃいそう」

「馬鹿言うなよ。あんな傲慢《ごうまん》な上に姑《しゅうとめ》みたいなやつ、お前だって絶対好きにならない。確かに顔はいいかもしれないけど、あいつ、レトルトとか冷食のゴミ見つけるとすっげぇ煩《うるさ》いんだぞ。ダイエット中のOLばりにカロリー計算したような飯ばっかり作るし、残すと無言の圧力かけてくるし。人に自分の生活スタイル強要するし、話は聞かないし、そのくせ外面だけは良くて、」

次々に出てくる愚痴の数々を、牧村は相槌を打ちながら聞いてくれる。仕事柄慣れているのだろうが、休憩時間まで仕事のようなことをさせてしまっていることに罪悪感を覚えて、佑季は愚痴を切り上げた。

「ごめん」

「なんで？　僕は楽しいし嬉しいよ」

こういう時、牧村のありがたさが身に染みる。人間関係を最小限に抑えてきた佑季にとって、牧村は本当に心を許せるたった一人の友人だ。彼に出会わなければ自分とカズオミだけの世界に閉じこもり、文章を書くこともなく、最悪今こうして息をしてさえいなかったかもしれない。

「ありがとな」

ふは、と牧村が噴き出した。

「今さら。なんでも吐き出しなよ。色々言ってたけど、相葉が一番嫌なのはなに？」

沖津の嫌なところ。怖いところ。不安なところ。指折り数えていけば両手では足りないが、一番と突き詰めて考えるなら、それは。

「なにを考えてるのかさっぱり分からない。それが嫌、だな……たぶん」

佑季の言葉に牧村が目を丸くした。

「相葉、それわざとなの？」

「なにが？」

意味が分からず首を傾げる。

「あぁ、相葉は昔から鈍感だもんね」

どこかで聞いた台詞だ。

自分が鈍感だとは思わない。今の仕事は個人作業も多いが、他人と関わることが多々ある上に人脈も重要だ。周囲にきちんとアンテナを張っていなくては務まらない仕事だと思っているし、自分はそれなりに上手くやっていると自負している。

そういうことじゃないんだよ、と牧村は笑った。

「単純じゃないか。沖津さんは、相葉のことが好きなんだよ」

ぽぉん、と赤いゴムボールが飛んできた。牧村はベンチから立ち上がって足元のボールを拾い上げ、子供たちに投げ返す。

「ありがとー、先生ー！」

「うん。危ないから柵の方にはあんまり近づいちゃ駄目《だめ》だよ～」

牧村の白衣がはためく。その白さに目を奪われていると、振り返った牧村が佑季の前でぶんぶんと手を振った。

「大丈夫？　なんかぶっ飛んだような顔してるよ？」

「え、あ、いや。お前がありえないこと言うから」

佑季を見下ろす顔が呆れている。

「ありえないって、沖津さんが相葉を好きってことが？　僕はむしろ、それしかありえないと思うけど」

「ありえない！」

今度は反射的に言い返した。

確証を持って断言出来る。それだけは絶対に、可能性さえも皆無だ。

「話を聞いてると、相葉のことが好きで好きで仕方がない、みたいに感じるけど。普通、受け入れないよ。昔の自分を模した幻覚なんて」

「でも……だけど」

確かに、沖津がカズオミをあっさりと受け入れたことについては、佑季もずいぶん驚いた。それでも、沖津が自分を好きだなんていうことだけはありえない。

「沖津さんと中学の時になにがあったか、聞いていい？」

牧村にはいつかきちんと話すつもりだった。ここまで話したからには、首を横に振るつもりはない。それでも佑季は話し出すまでに少しの時間を要した。

「……振られてるんだ」

「え」

牧村が聞き返すと同時に、再び白衣がはためいた。

あの日も、こんなふうに風が強い日だった。驚愕《きょうがく》に見開かれた沖津の眼差《まなざ》しが忘れられない。

「俺は、一度沖津に告白して振られてる」

それもずいぶんと手ひどく。穏やかで優しかった沖津に、あんな風に言われるなんて思ってもみなかった。

「だからありえないんだ。沖津が俺を好きなんて」

そんな可能性を考えることさえ愚かしい。本人の耳に入ったらきっと馬鹿にされるだろう。そして言うはずだ。

――気持ち悪い。

それは佑季の心の底の底、普通は見えないようなずっと内側の底の方に、まるで踏みつぶされたガムのようにこびり付いて、今もずっと剥《は》がれずにいる言葉だ。

膝《ひざ》の上の拳《こぶし》をぎゅっと握りしめる。爪が掌《てのひら》に食い込んできりりと痛んだ。


十代前半という、思春期真《ま》っ只中《ただなか》であった中学生時代、佑季はコンプレックスの塊だった。

原因は母親だ。母親と言っても血は繋《つな》がっていない。実の母親は佑季がまだ一歳にもならない頃、事故で亡くなっている。その五年後に父親が再婚した相手、それが今の母親だ。父親が彼女の下に自分を置いて、家を出て行ってしまったのは、佑季がまだ十歳の頃だった。

それから母親は女手ひとつで佑季を育ててくれた。放り出されても文句の言えない立場だったことを考えれば、その点は恵まれていたのかもしれない。けれど同時に、どうして放り出さなかったのか分からないくらい、彼女は佑季を疎《うと》んでもいた。

成長するごとに父親に似ていく佑季の容姿を厭《いと》い、責めた。視界に入れたくもないと酷《ひど》い言葉で傷つけ、時に手を上げ、同時に行き過ぎなほど干渉した。

いつしか佑季は女性が苦手になった。女性特有の甲高い声を少しでも荒げられると、みな母親のように見えてしまうのだ。

母親が貶《けな》す父親似の顔も嫌いになった。罵倒《ばとう》される自分が下らなく、どうしようもない人間に思えて仕方がなかった。

母親のいない学校は、家にいるよりずっと楽だったが、気が抜けるかと言えばそうでもなかった。成績が落ちれば文句を言われるし、生活態度が悪く家に連絡でも行けばそれもまた怒りの種になる。佑季は非の打ち所のない優等生を演じきっていたが、そんなものはコンプレックスの裏返しで、ただの虚勢にすぎなかった。

針の莚《むしろ》に座るような思いの毎日の中で、唯一の息抜きは文章を書くことだった。最初は文芸部に入って仕方がなくだったが、自分を解放出来る真《ま》っ新《さら》な世界に、佑季はどんどん魅せられていった。

そんな中で、沖津に出会った。中学三年の春だ。

同じクラスになるまで、佑季は沖津和臣という同級生を知らなかった。

沖津は目立たない生徒だった。華奢な身体や幼い顔つきを時折からかわれてはいたが、放っておけば容易にその他大勢に紛れてしまうくらい地味だった。けれど、不思議と佑季の目を惹《ひ》いた。教室で小さくなっている姿が、まるで家での自分のようで同情したのかもしれない。

だから、最初は純粋に放っておけなかったのだ。仲間だと思った。分かりあえるとも。芽生えていたのは親近感で、半ば同調してもいた。いい友達になれるだろうと声をかけたのに、抱いたのは友情ではなく愛情だった。

佑季の文章のような人間になりたいと言った、あの時の顔が忘れられない。長い睫毛《まつげ》が震えていた。真剣な瞳が揺れて、薄い唇が少し寂しそうに微笑んでいた。

あんな真摯《しんし》な言葉を貰ったのは、初めてだった。

沖津に出会うまで恋などという感情とは無縁だった。佑季を好きだと言ってくれる女の子はたくさんいたが、彼女達の告白に胸を震わせたことなど一度もなかった。表面の自分しか見ていないと、胸中で嘲笑《ちょうしょう》さえしていた。

沖津に恋をしてからの毎日は本当に楽しかった。初めて朝が来ることが待ち遠しいという感覚を知り、初めて微笑みかけられて緊張するという経験をした。

学校に行けば沖津に会える。そう思うだけで家でのストレスもなんでもないことのように思えた。母親の罵詈雑言《ばりぞうごん》など取るに足らない雑音に感じられた。

思い切って告白したのは卒業を間近に控えた二月だった。別々の高校への進学が決まった時点でずっと考えていたが、行動に移すにはかなりの勇気が必要だった。

とは言え佑季には、沖津に嫌われているはずがないという確かな自信があった。一番傍にいて、理解しているのは自分だと、自惚《うぬぼ》れていた。

『好きだ』

生まれて初めて口にした台詞だった。

夕暮れ時の帰り道。息が白く、喉がからからだった。

沖津は丸い目を限界まで見開いて何度も瞬きをした。直前まで下らない冗談を言って笑いあっていたのだ。理解出来なくても無理はない。冗談の延長線上に思われたくなくて、佑季はもう一度ゆっくりと繰り返した。

『沖津が好きなんだ』

『好きって、……あの、相葉くん。それってつまり』

『この状況で友達としてとか、そんなんじゃないことは分かるだろ』

戸惑う沖津の手を取ると、幼い顔は困ったように眉を寄せた。

『あの』

沖津が同じ強さで同じ気持ちを自分に抱いているなんて夢物語みたいなことは、さすがの佑季も考えていなかった。この告白を切っ掛けに、自分を意識してもらいたかった。

沖津の視線は不安定に宙をさ迷った。言葉を探していることは佑季にも分かった。息を呑んで佑季が待っていると、沖津は俯いて一言呟いた。

『……気持ち悪い』

男同士であることを、佑季だって考えなかったわけじゃない。けれど沖津がそんな理由で佑季の好意を退けるなんて予想はしていなかった。優しくて気弱な沖津が、あからさまな拒絶の言葉を吐くことも想像の範疇外だった。

沖津の顔は紙のように白く、佑季に握られた手は震えていた。

『あの、ごめ……』

謝って欲しくなどなかった。ここで謝られたら、佑季は立ち直れない。

突然笑いの発作《ほっさ》が佑季を襲った。自分でも驚くほど下卑《げび》た笑い声だった。

『そんなマジになんなよ。馬鹿らしい。クラスの連中と賭けたんだ。お前が俺の告白に転ぶかどうかって。あーあ、意外とつまらない結果になったな』

声が震えて、目尻に涙が溜まる。いくら誤魔化しの言葉を並べたところで、こんな状態ではただ強がっているだけなのは一目瞭然だ。

惨めだった。

好きな相手に拒絶されたことも、その事実を上手く受け止められずに馬鹿らしい言い訳を並べ立てる自分も、惨めで惨めで仕方がない。

沖津の手を乱暴に突き放して、佑季は足早にその場を去った。

悲しくてつらくて涙が溢れた。ひどい顔をしていることに気づかれたくなくて、ちらりと振り返りもしなかった。

それから卒業式までの二週間あまりは地獄だった。

佑季は沖津に話しかけなかったし、沖津もまた、近寄ってこようとはしなかった。心はずっと沈みっぱなしで、それでも佑季は卒業までの間、ことさら明るく振舞ってみせた。

そして高校に進学すると、今度はそれまでと一変して常に周りを拒絶する壁を作り出した。文章を書くこともやめた。

家では相変わらず母親が煩くて、沈んだ佑季の心をさらに突き落とした。

佑季にはなにもなくなってしまった。逃げ場も、楽しみも、好きな人も。全てのものがつまらなくて下らない。

夜中、一人でベッドにうずくまり、声を殺して泣いてばかりいた。

そんな時だ。カズオミが現れたのは。

『相葉くん。泣かないで』

あまりに自然に自分に寄り添ったカズオミを、佑季ははじめ夢だと思った。振られた相手に慰められるなんて、悪夢だ。それでも優しい沖津の言葉は嬉しかった。

『泣かないでよ。寂しいならずっと俺が一緒にいるから』

夢の中の沖津は、佑季の好きな顔で、声で、沖津が決して与えてくれることはないだろう温もりをくれる。

『相葉くん、大好きだよ』

言葉をくれる。

けれど夢だからと存分に甘えた相手は、朝になっても消えることはなかった。

そうしてカズオミは佑季の傍にいてくれるようになった。

佑季は再び、心の支えを得た。

自分の頭はどうかしてしまったのかもしれない。それでもいいと思った。気が狂ったせいだというのなら、カズオミが消えてしまうより、狂ったままの方がずっといい。

カズオミさえいればよかった。

沖津とのことは次第に考えなくなり、まるで最初からカズオミだけを好きだった、そんな気になっていった。

5

キリキリと胃が痛む。ここのところ頻繁《ひんぱん》だ。

佑季は放心したような状態で椅子に体重を預けながら、窓の外を見た。すでに暗く、空には疎《まば》らに星が光っている。月が大きい。もうすぐ十五夜だろうか。

今日はもうこのまま寝てしまいたい。そう思っているところにノックの音が響いた。

「佑季、入るぞ」

「だから名前で呼ぶなって言ってるだろ」

小さな舌打ちと共に吐き出された呟きは扉の向こうまで届かない。届いたところでどうせ無視されるのだが。

佑季が答えないでいると、扉が開いた。

「佑季、朝飯が残っ……って、なんだこの部屋は」

部屋に入るなり、沖津は眉を顰める。部屋は煙草の匂いが充満し、一目見て分かるほど空気が白く濁っていた。

「入ってくるなよ」

「うるさい。換気するぞ」

長い足がどすどすと乱暴に書斎を横切る。朝から閉められたままだったカーテンが開かれて窓も開け放たれると、冷たい外気が部屋に舞い込んだ。

「今日までだって言ってた原稿は出せたんだろうな」

危ない危ないと思っていた短編の締め切りがついに来てしまった。一昨日の夜から書斎に籠もって、なんとか形を整えるまで持っていって送ったのは先ほどだ。

「うるさいな。出したよ」

とはいえ、到底満足出来るものが出せたとは言いがたい。リテイクを食らう可能性についてはあまり考えたくなかった。

「お前、ここ数日まともなもの食ってないだろう。締め切りだと言うから黙って見ていたが、毎回こうなら改善しろ」

「どうでもいいだろ」

食欲がない。

佑季は背もたれに預けていた背を起こし、吸っていた煙草を灰皿に押し付けた。箱の中には二本残っている。これを吸いきれば二日間で一カートン吸い潰したことになる。猛烈に喉が痛いのはきっとそのせいだろう。パソコンに向かっているとどうしても口寂しくなってしまうとはいえ、こんなに吸ったのは初めてだ。

新しい煙草を唇に挟んで火をつけた途端、横から長い指にさらわれた。

「返せよ」

「吸い過ぎだ、馬鹿」

「馬鹿って言うなよ。アンタよりよっぽど成績が良かったんだ、俺は」

沖津が呆れた顔をした。

「そういうことを言っているから馬鹿だと言うんだ」

佑季から奪った煙草を咥え、燻《くすぶ》らせる。けれどすぐに吸殻《すいがら》の山になった灰皿の中に押しつぶした。

「こんなに吸ってお前のカズオミはなにも言わないのか」

「……別に」

「今はいないのか」

「……いるさ、そこに」

小さな身体が仮眠用のソファに丸くなって寝ている。いつになく顔が青く、具合が悪いように見えた。早く沖津を部屋から追い出して、声をかけてやりたい。

「お前、こんなことしてたら本当に死ぬぞ」

「俺が死んだって誰も困らない」

いや、出版社の人間ぐらいは困るかもしれない。それだってすぐに代わりが見つかる。母親は怒るだろう。葬式《そうしき》代も馬鹿にならないと。

ぐっと、強い力が佑季の腕を掴んだ。

「痛い」

「本気で言ってるのか」

まるで自分が困るとでも言わんばかりの勢いだ。そんなこと思ってもいないだろうに。それとも、住める場所がなくなったら困るからだろうか。

「なにがおかしい」

どうやら笑っていたらしい。自覚するとさらに面白くなって、佑季はケタケタと笑った。

「……とにかく、夕飯にするぞ」

佑季の笑いの発作が収まると、大きな溜息をついて沖津が佑季の腕を引いた。

「いらない。そんな気分じゃない」

食欲がないのだと素直に言えば無理強いはしないだろう。分かっていても、沖津にだけはどんな気持ちだって正直には言いたくない。

「少しは食え。それから明日からはちゃんと朝飯は一緒に食えよ。出てこられるようなら昼は新宿あたりまで出て来い。どっかで食わせてやる」

「次の仕事があるんだ。邪魔するなよ」

「別に四六時中束縛してるわけじゃないだろう。それに前にも言ったがお前は籠もり過ぎだ。少しぐらい外の空気を吸ったほうがいい」

「家にいるのが好きなんだよ」

カズオミと一緒にいるのが。

「俺は嫌だ」

まるで子供のような物言いに驚いた。

「なんでアンタが嫌なんだよ」

「本当に鈍いな。それでよく小説なんか書いていられる」

「あのなぁ」

無神経で傲慢な沖津より、自分の方がよっぽど繊細で情緒的であるはずだ。

佑季が言い返す前に、「お前は」と沖津が続けた。

「俺といるのがそんなに嫌なのか」

この期《ご》に及んでなにを言い出すのか。

沖津の瞳は真剣だ。ただでさえ低い声がいつもより沈んでいる。そんな目で見ないで欲しい。そんな声で聞かないで欲しい。

「……嫌だよ。アンタだって嫌だろう。わざわざ大嫌いな俺を相手にするのは」

言ってから、大嫌いではなく、気持ち悪いだったか、と気が付いた。どちらにせよ同じようなことだが。

「なぁ、なんでそんなに俺に構うんだよ。俺の飯も気分も生活も、アンタには関係ないだろう。家には寮が空くまでいればいい。こんなことしなくたって、もう急に追い出したりしない」

「なに言ってるんだ」

沖津は本気で戸惑っているようだった。

「大嫌いだって？　誰が誰を」

アンタこそなにを言っているんだと言ってやりたい。

「決まってるだろ。アンタが俺を」

沖津は瞠目したかと思うと、まるで痛みを堪えるように瞳を眇めた。

「逆だろう」

逆。

なるほど、沖津は佑季に嫌われていると思っているらしい。もちろん、嫌いだ。大嫌いだ。

自分を手ひどく振って、傷つけた。そんな人間を好きになれるはずがない。決して、なれるはずがない。

——お前は俺を好きになる。

あんなのただの戯言《ざれごと》だ。そうでなければ困るのだ。

沖津に触れていることに耐えられなくて、佑季は乱暴に沖津の手を振り払った。

「……おい、大丈夫か？」

「なにがだよ」

「なにがって、お前、顔が真っ青だ」

覗き込んでくる沖津の瞳から逃げようとして、椅子から立ち上がる。途端、鈍かった胃の痛みが、まるで力いっぱい絞られたような激痛に変わった。

「……っ」

ぐにゃりと視界が歪み、身体から力が抜ける。

「佑季!!」

なんて声で自分を呼ぶのか。まるで佑季が死にでもするかのような声だ。そういえば死ぬの死なないのの話をしたばかりだった。

だからって、そんな風に必死になる必要はない。ただ胃が痛いだけだ。あまりに痛すぎて、意識が遠のいていきそうだが。

沖津の声が膜一枚隔てているかのようにぼんやりしている。なにか言っているが、なんと言っているのか分からない。ふいに、身体がなにかに包まれているように暖かくなった。

あまりに心地良くて、遠のく意識を捕まえる気にはならなかった。こんなに心地よいのなら、このまま目覚めなくてもいいな、とぼんやりと考えた。


目覚めはゆっくりと訪れた。

真っ白な天井、視界の端に映る点滴。窓から見える空は高くて青い。

ぐるりと辺りを見渡すと、ベッドの周りは水色のカーテンで仕切られていた。カーテンの向こうに人の気配がある。

「あのね、沖津さん」

沖津。沖津がそこにいるのか。

佑季はそっと身を起こした。立ち眩《くら》みのような眩暈が襲ったが、酷いものではない。

「僕は相葉に沖津さんの話聞いた時、悪いことじゃないって思ったんだ」

これは牧村の声だ。けれど聞き慣れた親友の声はどこか強張《こわば》っている。

「もしかしたら上手くいくかもって……自分で作り出した幻なんかじゃなくて、ちゃんと支えてくれる人を見つけられるかもしれないって思ったから」

「俺に期待してくれたわけか」

沖津の声に、佑季の身体が小さく痙攣《けいれん》した。

「相葉の話だと、ずいぶん頼り甲斐《がい》がありそうだったからね」

「悪かったな、こんな情けない男で」

いつも自信に溢れていて、自分の意見ばかりを押し通す沖津の台詞とは思えない。けれど確かに沖津の声だった。少し疲れているのか、掠れてはいたが。

「情けないとは言ってないけど……沖津さん、相葉がなんで小説書いてるのか知ってる？」

「好きだからだろう」

純粋に好きだったのは昔のことだ。今だって、嫌いではない。楽しいとも思う。自分の本が店に平積みされていれば得意げな気持ちにもなるし、ファンからの手紙や応援の言葉は純粋に嬉しい。けれど、それだけではない。それは牧村が一番よく知っている。

「心のバランスを取るためだよ。幻覚なんて生み出して心を傾けてしまうくらい、相葉の精神は不安定なんだ。それを、小説を書くことでギリギリのラインで安定させてる。だからね、書けないって言うのは相葉にとってものすごいストレスになるはずなんだよ。今までこんな風に倒れたことなんてなかった」

諭《さと》すような牧村の口調は、沖津を責めているようでもあった。

「あなたが現れたこと、僕はいい方向に向かうと思った。多少荒療治になっても、いい方へ行くって。その思いは今でも変わってないんだ。見守ろうとも思ってる。だけど、こんなことがあったからにははっきりさせておきたい」

「なにをだ」

「あなたが僕の期待に応えてくれる男かどうか」

少し間が空いて、時計の秒針の音がいやに響いた。

「それは、俺が一番知りたい」

「自信がないの？」

牧村の問いに、沖津は答えなかった。

「沖津さん、なんで十年も経って相葉の前に現れたの？」

それは佑季も不思議だった。頼る場所なら、きっともっと他にもあっただろう。十年前に決別した自分の下に沖津はわざわざ現れた。きっと明確な理由があってのことだ。

けれど佑季はその理由を掘り下げるのが怖かった。触れたくもなかった。鬼が出るか蛇《じゃ》が出るか。どちらにせよ佑季にとって歓迎される理由ではないだろう。十年前、手ひどく拒絶されたことを考えれば。

「相葉、高校時代ほんとひどかったんだよね。自分の殻に閉じこもって周りに興味なんて全然なくて。今はまだマシになってきたけど、僕はそういうの全部見てきたんだ」

牧村の言葉は全て真実だ。

そうやって自分を守ってきた。もう、傷つくのはたくさんだ。

「あなたの気持ちを、たぶん僕は相葉よりずっと理解してると思う。でもあなたが自分の気持ちを理由に相葉を傷つけるなら、僕はあなたを許さない。僕が大事に大事に見守るほうが、百倍マシだ」

「……お前は、佑季のことが、」

沖津が息を呑む。

「……。それは、今は関係ない」

どうしたのだろうか。いつもの牧村らしくない。こんな風に人の言葉を切って捨てるような牧村を、佑季は知らなかった。

「牧村」

会話の邪魔をするつもりはなかったが、これ以上盗み聞きは出来なかった。

「相葉！」

カーテンが音を立てて開け放たれ、牧村が佑季に駆け寄った。

「大丈夫？　具合は？」

「いや、そんなに悪くない。なんで牧村がここに？」

「ここはうちの病院だよ。沖津さんが相葉の携帯から連絡くれたんだ」

牧村の後ろに長身が現れる。沖津は無表情だったが、少し憔悴《しょうすい》しているようにも見えた。

「履歴に一番名前のあった人間にかけただけだ。持病やかかりつけの医者があるなら聞いたほうがいいだろうと思って」

佑季の携帯の履歴には牧村と出版社、それに母親ぐらいしか載っていないはずだ。母親に連絡されなくて良かったと胸を撫で下ろす。

「急性胃炎だよ。それに寝不足と過労とカロリー不足による軽度の栄養失調もあるね。駄目だよ、気をつけないと。昨日の夜からこっちは気が気じゃなかったんだから」

「……あぁ。ごめん」

牧村の言葉ならこんなに素直に受け止めることが出来る。

視線を感じて、佑季は沖津を見上げた。目が合った途端、沖津の視線が逸れる。それが気に食わなくて、佑季はわざと話しかけた。

「アンタ、仕事は？」

今日は平日のはずだ。

佑季の問いに答えたのは牧村だった。

「さっき、同居人が倒れてって、悲愴《ひそう》な声で電話してたから大丈夫だよ」

沖津の悲愴な声なんて想像も出来ない。きっと牧村が大げさに言っているのだろう。

「どうする？　二、三日ぐらい検査入院しておく？　うちの病院食、結構評判良いよ」

「いいよ。ほんと、嘘みたいに楽なんだ」

頭は冴え渡っているし、身体のだるさもない。おそらく点滴のおかげだろう。

「だめだ。いい機会だ、入院して検査を受けろ」

「大丈夫だって言ってるだろう。それに病院なんて暇で仕方ない」

「検査入院に暇なんかあるか。しっかり検査されろ」

沖津には頑として譲る気配がない。

睨み合う二人の間に牧村が割って入った。

「あー、はいはい。そこまで。相葉、僕も念のため入院しておいたほうがいいと思うよ」

「大丈夫だって」

「相葉が不調だとカズオミくんだって心配するし、君の体調がカズオミくんに影響しないとも限らないじゃないか」

「それ、は……」

カズオミの話を持ち出されると黙らざるを得ない。佑季が倒れる前、カズオミも顔色が良くなかった。あれは兆候だったのだろうか。

黙りこんだことが了承の合図となってしまったようだ。

「じゃあ僕、色々手続きしてくるから。保険証だけ借りるよ」

勝手に話を進めた牧村が出て行ってしまうと、病室はにわかに静かになる。

こんな状況で二人にされても困る。意識を失う前後の記憶ははっきりしないが、到底和やかな雰囲気ではなかった気がする。

先に沈黙を破ったのは沖津だった。

「悪かったな」

佑季は沖津を見上げて凝視した。

「なにが」

悪い、なんて言葉が沖津から出たことに驚いた。その上、謝られる心当たりもない。

「俺は、押し付けすぎた。焦っていたんだ、取り戻したくて。自制が効かなかった」

どうも要領を得ない。これは牧村と沖津の会話の続きだろうか。

「取り戻すって、なにを」

「この十年間を。離れた距離を、縮めようとそればかり考えていた」

　ふいに、もしかして沖津は十年前のあの日のことを後悔しているのではないかと思った。

　けれど佑季は後悔して欲しいのではない。謝罪して欲しいのでもない。忘れて欲しい。あんな風に浮かれて告白し、みっともなく玉砕《ぎょくさい》した自分を、なかったことにして欲しい。

　そうしてくれれば、友達のふりぐらいは、出来るかもしれない。

「俺は、いないほうがいいか」

「……なに言ってるんだ」

「お前が出て行けと言うなら、俺は今すぐにあの家を出て行く」

　沖津の言葉を理解するまでに少し時間がかかり、理解した途端、自分でも驚くほど腹が立った。

「なんだよそれ」

　そんなの、最初に何度も言ったはずだ。

　出て行って欲しい、踏み込まないで欲しい。

　佑季の言葉を、沖津は全部無視して居座ったのだ。今さら、出て行けと言うなら出て行く、なんて殊勝《しゅしょう》な言葉、聞きたくもない。

「だいたい、まだ寮には空きが出てないんだろ」

「そんなのは、どうとでもなる」

「どうとでもならないから家にいるんだろうっ」

熱くなる感情の隅《すみ》で、冷静な自分が馬鹿なことをと笑っている。

本人が出て行くと言っている。こんなチャンスはない。このまま出て行ってもらえば、佑季にはカズオミと二人っきりの平和な毎日が戻ってくるのだ。

朝早くに叩き起こされることもなければ、慣れない手料理の温かさに居心地の悪い思いをすることもない。昼に無理やり連れ出されることもないし、夕方からはいつ帰ってくるのかと気を揉むこともない。原稿が進まなくなることだってなくなるだろう。

良いことずくめだ。

そう思うのに、「出て行け」の一言が喉の奥に押し込められたまま出てこない。

「なんだよ、ちょっと倒れたぐらいで弱気になって。馬鹿じゃないのか」

佑季は布団に潜り込み、沖津に背を向けた。

「帰れよ！　俺はもう寝る。しばらくアンタの顔は見たくない」

帰れ帰れ、と佑季は繰り返した。

そんな佑季をどう思ったのか知らないが、やがて沖津は静かに病室を出て行った。

しばらくすると、携帯が鳴った。着信は、母親からだった。

甲高く攻撃的な声を聞く気分には到底なれず、自分でも驚くほどどんよりとした溜息が零れる。

佑季は携帯をマナーモードにすると、サイドテーブルの上に放り投げ、再び頭から布団を被って、ぎゅっと目を瞑った。

沖津の言った通り、検査入院に暇を嘆く時間はなかった。一つの検査が終われば次の検査。あっちへ行きこっちへ行き。それだけならまだしも、ファンだという看護師や患者がしきりに話しかけてきて、佑季を辟易させた。

あっという間に一日目が終わり、二日目も終わろうとしている。このままなにも問題がなければ明日は退院だ。沖津は一度だけ、家から着替えなどを持って来たが、特に会話らしい会話はなく、すぐに帰ってしまった。

自分がしばらく顔を見たくないなどと言ったせいかもしれない。弾みで口にしてしまった言葉を、佑季は後悔し始めていた。

言い過ぎたかもしれない。

佑季が沖津を負担に感じ苛立つのは全部が全部、沖津のせいではない。もちろん、一端がそうであることは否定したくないが、彼の行動が負担になっているのではなく、沖津の行動によってぐるぐる考えてしまう自分の思考が負担になっているのだ。

幻覚を生み出してしまうくらいだ。もともと、それほど図太い神経はしていない。文章が書けなくなるという初めての経験に加え、最近は母親からの連絡も頻繁だった。

ただ、それを沖津に言ったところで、素直に信じるだろうか。どう言っていいかも分からない。

夕方、ベッドの上で溜息を吐いていると、扉がノックされた。

一瞬沖津かと身を起こしかけたが、どうせ看護師か牧村だろうと起き上がらないまま来客を迎える。

顔を出したのは予想外の人物だった。

「よっす、相葉～。元気か～」

「新庄!?」

ここ数年は年賀状の家族写真ぐらいでしか顔を見なかった、中学の頃のクラスメイトの登場に佑季はあんぐりと口を開けた。

新庄はぽりぽりと頭を掻きながら病室に入ってきた。

「今日、沖津が店に来てさ～、暇な時間があったら見舞ってやれとかいうからさ～、ちょっと様子見」

思い出した。この男が沖津に佑季の住所など教えなければ、沖津は佑季の前に現れることはなかったのだ。

暇な時間があったら見舞ってやれなどとよく言えたものだ。そんなことを他人に言うくらいなら自分で来ればいいのに。

「で、具合どうなんだよ」

昔から底抜けに明るかった同級生は、佑季に断ることもなく立てかけてあったパイプ椅子を持ち出して腰掛けた。

「たいしたことじゃないんだ。ただの検査入院で、明日退院するし」

「なんだよ～、沖津が真剣な顔して言うからよっぽどのことかと思ったぜ。見舞金とか用意しねぇとなのかなってびびってた」

「いらないって」

あはは、と佑季は声を立てて笑う。明らかな愛想笑いだったが、新庄に気にした様子はない。

「あ、暇つぶしにと思ってさ、お前の載ってる雑誌買って来たんだ」

新庄が取り出したのは今週発売の文芸誌だ。佑季のインタビューが載っている号で、この二日間は同じ雑誌に何度もサインペンを走らせた。

佑季の写真は巻頭カラーだ。ぺらぺらと雑誌を捲《め》くりながら新庄は感心と羨望《せんぼう》が混ざったような唸り声を上げた。

「お前、昔っからアイドルみたいなやつだったけど、ほんと遠い存在になっちまったよなぁ」

「なに言ってるんだよ、お前とは大学時代も割りと連絡取ってただろ」

「割りとってほどでもなかっただろ～。最近はさっぱりだったしさぁ。今度飲みにでも行こうぜ」

そうだな、と形だけ同意する。悪い人間ではないが、新庄と話しているとどうしても話題は中学の頃のことになりがちだ。それが佑季には苦痛だった。

「まぁ、変わったって言ったら沖津の方がずっと変わったけどな。初め声かけられた時、誰だよって突っ込んだもんな、俺」

その気持ちはよく分かる、と佑季は頷いた。

「知ってたか？　あいつかなり強引に東京に来たらしいぜ」

新庄の言葉に、なんのことかと首を捻った。

急な異動だとは聞いたが。言われてみれば、沖津の部下らしい女性に会った時も、確かそんなことを言っていたような気がする。

「どうしたって東京にいるより大阪にいたほうが出世が早いだろ？　会社としては大阪で部長クラスにまでしておいてこっちに引っ張ってくる気だったらしい」

新庄は「出来る男は待遇が違うな」と肩を竦めた。

「それがさ、先月の頭に突然、東京勤務にしろって言い出したんだと。早く異動させてくれないなら辞めるとまで言ったらしいぜ。急すぎて独身寮が空かなくて急遽ホテル暮らしになったとか」

「……よく知ってるな」

「俺のとこに来る営業の子がとにかく話好きでさ〜、筒抜けだぜ。友達ん家に居候してるらしいって聞いたけど、お前ん家なんだろ？　お前も人がいいよな」

「いや、別に」

「いやいや、お人よしすぎて心配になるレベルだって。十年も会わなきゃ他人だぜ？　お前ら疎遠だったんだろ？　住所も知らなかったみたいだし」

ぎくり、と背筋が強張る。

「まぁな……でもほら、昔は仲が良かったし」

沖津がこの場にいなくて良かった。たとえ言い訳にしても、本人を前にしては絶対に言いたくない台詞だ。

「それにしたってさぁ、そのまま一緒に住むことになるとか俺ならありえないね」

「寮に空きが出るまでだから」

え、と新庄は首を傾げた。

「寮にはすぐ空きが出たけど、沖津が断ったって聞いてるぜ」

「……は？」

なんだそれは。

さっきから、新庄の口にする情報は呆気《あっけ》に取られるようなものばかりだ。

「あれ？　聞き間違いか？　でも河内さん……て、うちに来る沖津と同じ会社の人なんだけど、彼女が言ってたけどなぁ。ものっすごい沖津のファンでさ、情報収集に抜かりなしとか公言してるから間違いないと思うんだけど」

首を捻って一人でぶつぶつと呟いてから、新庄は「あっ」と声を上げた。

「片思いの相手と上手くいったのか？　お前ん家出て、その子んとこ行くとかそういうこと？」

「……片思い？」

話はどんどんとわけの分からない方へと転がっていく。まるで出口のない迷路に放り込まれたような気分だ。

「だってあいつ、東京に好きな子口説《くど》きに来たんだろ？　河内さんにさ、なんでそんなに東京に来たがったのか聞いて欲しいって頼まれたんだよ、俺。だから、今日ついでに聞いてみたんだけど……」

後半はほとんど耳に入ってこなかった。

これは本当に沖津の話なのだろうか。沖津に片思いの相手がいるなんて聞いたこともない。休日、外で誰かと会っている様子もない。

「あれ？　もしかして俺、からかわれた？」

沖津の片思いの相手。

もしかして、と心のどこかがまるで期待でもしているかのように声を上げる。けれど同時に、そんなはずない、と否定の声も上がる。

「……そうじゃないか」

まとまらない思考のまま、佑季は新庄の言葉を肯定する。声が空《うつ》ろにならないように気をつけたつもりだが、自信はなかった。

「なんだよ、それ。くっそ～、沖津のやつ！　あっちがその気なら俺も相葉に話しちゃお」

「……なにを？」

「東京に来た理由言う代わりに、言うこと一つ聞けって言われたんだよね。それがさ、笑っちまうんだよ。お前の見舞い行って、様子をこっそりメールしろって。お前ら、喧嘩《けんか》でもしてるわけ？」

佑季の頭の中はおもちゃ箱がひっくり返されたようにぐちゃぐちゃで、片づけを手伝ってくれる手はどこからも差し出されそうになかった。

6

退院日の朝、沖津は現れなかった。土曜日なのだから会社は休みのはずで、来ようと思えばいくらでも来ることが出来たのに。

もしかしたら佑季のことなど忘れ、一人で伸び伸びとしているのだろうか。そう思うと、なんだか帰るのが億劫だった。

「一人で大丈夫？　送っていこうか」

「大丈夫だって、タクシーなんだから」

なにかと手を貸そうとする牧村に呆れて苦笑してしまう。

病院の前には看護師や患者がずらりと並んで手を振っていた。まるで長期入院の患者が成功率の少ない手術を終えて退院していくかのような見送りだ。

笑顔で手を振り返してタクシーに乗ると、どっと疲れが出た。

「すごいお見送りですね」

「……まぁ、色々。お世話になったので」

運転手への答えもお座なりになる。佑季に話す気がないことを察したのか、運転手はそれ以上、話を振ってこようとはしなかった。

二泊三日の入院は、佑季にとってはずいぶん長いものに感じられた。ずっと同じことばかり考えていたからかもしれない。考えても考えても、思考はとっ散らかったまま纏まらず、なにも分からないままだったが。

タクシーを降りて、三日ぶりの自宅を前にすると佑季は緊張している自分に気が付いた。

沖津はどうしているだろうか。もしかしたらまた休日出勤でもしていて留守かもしれない。いてもいなくても、どうしていいか分からない。

オートロックの玄関を通り抜け、エレベータで十六階に向かう。角の自室前に辿り着く頃には、緊張は苛立ちに取って代わっていた。

自分の家に帰るだけだ。なにも緊張することなどない。

玄関の鍵はかかっていなかった。中に入って、佑季は動きを止める。靴があった。それも女物のハイヒールだ。

どっと、おかしな汗が出る。急に心臓が鼓動を速めて、新庄の言っていた片思いの相手という単語が頭の中をぐるぐると旋回《せんかい》した。けれどそれはあまりに的外れな考えだった。

佑季を我に返らせたのは、廊下まで響き渡る、甲高い女の声だ。

「出て行きなさいよ！」

嫌と言うほど聞き覚えのある声に、佑季の身体が小さく痙攣する。先ほどとは違う汗が出た。冷や汗だ。

なんでこんなところにいるのか。ここには一度も来たことがなかったのに。

佑季は鞄を放り出し、急いで靴を脱ぎ捨てると、リビングに駆け込んだ。

「母さん！」

リビングでは沖津と佑季の母親が対峙《たいじ》していた。

ここのところ電話でしかやり取りをしていなかった母親は、相変わらずこれでもかというくらい濃い化粧と派手な格好で、まるで武装しているようだ。最後に直接会ったのは一年前、ストーカーと化したファンと揉めた時だった。あの時もずいぶん責められたが、今の剣幕はそれ以上だ。

「ちょっと佑季さん、どういうことなの？」

振り返った母親に詰め寄られ、佑季は思わず数歩後退した。出来ればこのまま病院のベッドに舞い戻りたい。サイン責めに作り笑いで返している方がこの状況よりずっとマシだ。

「……母さん、なんでここに」

「あなたが電話に出ないからわざわざ足を運んだんじゃないの。またなにかしでかしたのかと思ってこっちは気が気じゃなかったわよ。一年前みたいに外聞《がいぶん》の悪いことされると困るんですからね」

相変わらずの物言いに、病院で取った食事が胃から逆流してきそうになる。

「入院してたんですってね。まったくいちいち人騒がせなんだから」

「母親なら心配ぐらいしたらどうなんです」

割って入ったのは沖津だ。

「だから、さっきからあなたはなんなの！　失礼ね！」

佑季が帰ってくる前にひと悶着《もんちゃく》あったのだろう。母親は完全に沖津を敵視している。沖津の母親を見る目もまた、ぞっとするほど冷たい。

「佑季さん、なんなのこの男は！」

「だから言ったでしょう。佑季さんの中学の同級生で、沖津和臣といいます」

「あなたには訊いてないわっ」

母親は沖津に怒鳴りつけると、きっと佑季を睨んだ。

「あなた、ただでさえゲイだなんだとかおかしな噂を立てられているというのに、男と一緒に住んでるなんて、いったいどういうつもりなの？」

恥ずかしい、みっともない、情けない。幼い頃からまるで呪詛《じゅそ》のように繰り返され続けた。こういう時は逆らわずに嵐が去るのを待つしかない。

いつもどおり機械的に従順な言葉を取り繕おうとした佑季の前に沖津がやってきて、母親の視線を遮った。

「佑季さんを責めるのは筋違いです。私がここに無理やり置いてもらってるんです」

「だから出て行きなさいと言っているでしょう！」

「それはあなたではなく、佑季さんが決めることだ」

自分を守ってくれる低い声。広い背中。安堵した自分に驚いて、佑季は慌てて沖津を押し退《の》けた。

「母さん、沖津はただ、勤め先の関係で住む場所の目処《めど》が立つまで家にいるだけで、なにか邪推《じゃすい》されるような関係ではないんです」

「当たり前でしょ！　汚らしい！　あなたの父親も大概だったけれど、やっぱり蛙《かえる》の子は蛙ねっ」

　確かに父親も大概だ。この女を捨てると同時に自分も捨てた。どうせ捨てるならその辺りの道端に捨ててくれたほうが何倍も良かった。

　佑季は零れそうになる盛大な溜息を胸の奥に押し込んで、激昂する母親を宥めようと手を伸ばした。

「母さん。落ち着いて……」

「触らないで！」

　ぱしん、と大きな音が鳴った。

　思い切り振り払われた佑季の手が宙にさ迷う。

「本当に、なんなのあなたは！　昔から私を苦しめてばかり。なんの関係もない私が身を粉《こ》にして育ててあげたっていうのに、恩を仇《あだ》で返して！」

　母親はひゅっと空気を吸って、ことさら大きな声で吐き捨てた。

「あなたなんか消えてしまえばいいのに！」

　佑季が意味を理解する前に、横にいた沖津がぐらりと動いて、拳を振り上げた。

「やめろ、沖津っ」

　反射的に沖津の腕に縋り付く。

「ぼ、暴力に訴えようとするなんて、やっぱり碌《ろく》な男じゃないじゃない！」

「殴ることだけが暴力だと思ってるなら酷い言葉であなたを罵りましょうか？」

「お、落ち着けよ、沖津っ」

精一杯の力で沖津を母親から引き離す。

佑季だって何度母親を殴ってやれたら気が晴れるだろうと思ったか分からないし、ひどい話だが、実際目の前でそんなことになっても心は痛まないかもしれない。けれど自分達の歪んだ母子関係の業《ごう》を、沖津が請け負う必要はないのだ。

佑季は背中で沖津を抑えつけて、母親と向き合った。

「母さん。あなたは……あなたはなんで俺を引き取ったんですか」

今まで面と向かって尋ねたことはない。答えを知っていたからだ。

「俺を、一度でも愛してくれたことはありましたか」

嘘のつけない女だと知っている。あと少し、表情も言動も取り繕うことが出来れば、もっと上手く生きられただろうに。

案の定、老いた目には拒絶が浮かんだ。

「愛なんて、よく訊けたものね。お前の父親が私にどれだけのことをしたと思ってるのよ」

ここで「すみません」と一言謝って家に帰せば、きっと再び同じような関係に戻るだろう。けれど、どんなにひねり出そうとしても、謝罪の言葉は出てこなかった。

「あの人にそっくりな顔を見るたび、吐き気がしたわよ」

「それでもあなたは俺を傍に置いた」

そして苛《さいな》み、支配しようとした。

佑季の指摘に、母親は一瞬怯《ひる》んだような顔をしたが、すぐに唇をきっと引き結び、眉を吊り上げた。

「あの人がいなくなって寂しそうなお前を見てね、私は決めたのよ。復讐《ふくしゅう》してやるって！　あの人の息子を苦しめて苦しめて、あの人が私に与えた苦痛を全部与えてやるって！」

自分を捨てた男はもう手の届かないところへ行ってしまった。その憂《う》さ晴らしを、息子で代替しようとした。

それだけだ。それだけに、この女は二十年近く費やした。そして佑季は二十年付き合った。子供の頃は、もしかしたら自分たちにも、いつか家族の愛情めいたなにかが芽生えるかもしれないと思っていたが、そんな期待も二十年の内に磨《す》り減って消えてしまった。

佑季はぐっと拳を握りしめた。

ここが潮時だ。

「もう充分痛めつけたでしょう。俺は充分、耐えたでしょう？　もう俺に構わないでください。そうすれば、俺は決してあなたの前には現れません」

望みどおり、消えてみせる。

「赤の他人である俺を、ここまで育ててくれたことには感謝しています」

たとえ道端に放り出されでもしたほうがマシだと思った毎日でも。

「金は、必要なら送り続けます。あなたが死ぬまで」

それは佑季にとって、もう母親の庇護下にいるのではないのだと自分を納得させるためのものだった。これから先は、手切れ金になるのだろう。

「だからもう、止めましょう。不毛です。俺は疲れたし、あなたが俺に消えて欲しいと願うように、俺も、……」

続きを言うには、かなりの労力を必要とした。

「あなたには消えて欲しい」

母親は——母親だった女は怒りに震える目で佑季を睨みつけ、パン、と頬を叩いた。

今までありとあらゆる罵詈雑言を吐かれたし、叩かれたこともあった。その度に傷つき、時に涙してきた。けれど今は、驚くほど心が凪《な》いでいる。

リビングから出ていく後ろ姿を、佑季は見送らなかった。

あっけない。こんなにあっけなく終わるものだとは思っていなかった。こんなことならもっと早くけりをつけておけばよかったのかもしれない。

いや、今日だから出来たのだろう。

佑季はそっと傍らに立つ沖津を見上げた。

この男がいたから。

「……悪かったな、迎えに行けなくて」

ソファには沖津のコートが放り出されている。きっと出がけにあの女が来たのだろう。

「子供じゃないんだ、一人で平気だ」

沖津の手がそっと佑季の頬を撫でた。

「……なんだよ」

先ほど拳を握ったとは思えないほど、優しい手つきだった。気遣うような温もりに居たたまれなくなって、佑季は沖津の手から逃げる。

「やめろよ。慰めようとでもしてるのか？」

「悪いか？」

真っ直ぐな視線に耐えられず視線を逸らす。

「俺は、慰めて欲しくなんてない」

「俺が慰めたいんだ」

ぐらりと、意志が揺らぐ。

どうしてそんなことを言うのだろう。

「一人にしてくれよ」

頼むから、と付け足した声は自分でも驚くほど弱々しい。

「断る」

な顔をしている。


「なんでだよ」

「一人になりたいって顔じゃない」

佑季自身、分かっていた。誰かに縋りつきたい、八つ当たりしたい。きっと今、自分はそん
どうしてこうなのだろう。

消えればいいと言った声が今さら頭の中でこだまする。

「……居ないほうがいい人間だってのは、俺が一番分かってるんだ」

こんなことを言ってはいけない。言われた人間は否定するしかないのだから。そう分かっていても止まらなかった。

「馬鹿なことを言うな」

慰めないで欲しい。

「馬鹿なことじゃない」

優しくしないで欲しい。

「お前がいなかったら、俺が困る」

期待させないで欲しい。

誰かに期待するなんて真っ平だ。相手が沖津ならば、余計に。

沖津の手が佑季の肩を掴んだ。長い指が佑季の頤《おとがい》を持ち上げる。眇められた黒い目は、佑季

の心まで入り込もうとしているようだ。

「お前がいなかったら、俺が困る」

佑季の唇から乾いた笑いが漏れる。

なんてひどいことを言うのだろう。

「拒絶したくせに」

――気持ち悪い。

脳裏に蘇った言葉に震え、佑季は沖津の手を撥《は》ね除《の》けた。

「あの頃、俺は、俺はお前が好きで……本当に好きで……」

唯一の心の拠《よ》りどころだった。幼い佑季には、小さな恋が全てだった。父親が、母親が、誰が自分を拒絶しても、沖津がいるから大丈夫だと思えた。

分かっている。佑季が勝手に期待しただけだ。沖津なら自分を受け入れてくれると。

それがただの甘い妄想だと突きつけられた時、佑季の心は一度壊れてしまったのだ。

『相葉くん。好きだよ』

壊れた心が生み出したカズオミは、佑季を丸ごと受け入れてくれた。望むことを望むまま叶えてくれた。カズオミにになら、どんなことでも言えた。嫌われることも拒絶されることも恐れずに。

「カズオミは、俺を愛してくれる」

何度、愛の言葉を貰っただろう。際限なく与えられる愛情は、佑季の渇ききった心を満たしてくれた。

佑季はずるずると力なくしゃがみ込んだ。フローリングが冷たい。

「カズオミさえいればいいんだ、俺は。もう、他になにもいらない」

「そんな風に自分の中だけで完結して生きていくのか」

沖津も佑季を追うように身を屈める。

「誰に迷惑かけるわけでもないだろ」

「俺は迷惑だ」

じわりと目頭が熱くなった。

「なんだよ。今さら迷惑なんて言われたってカズオミの存在は、」

「そうじゃない。佑季、俺を見ろ」

ぼやける視界に沖津が映る。

「俺に触れ」

強引に奪われた手が沖津の胸に触れた。

シャツ越しに、どくどくと鼓動が伝わってくる。カズオミには決して感じることの出来ない、命の音。

「俺は、誰だ?」

「……沖津……」

十年でずいぶん変わってしまった初恋の人だ。かつて、好きで好きで仕方のなかった人。甘い感情を教えてくれた人。

「言いたいこともして欲しいことも、全部俺に言え」

佑季はゆるゆると首を振った。

「嫌だ。だって拒絶するくせに」

「しない。俺がお前に出来ることなら、俺はなんだってしてやる」

「嘘だ」

怖い。沖津が怖い。

「嘘じゃない」

今度、沖津に拒否されたら、きっと自分の心はまた、死んでしまう。

「嘘だ！　俺を受け入れてくれるのは、カズオミだけだ！」

恐怖に負けて、佑季は沖津の身体を押し退けた。

「佑季、きちんと話そう。俺は、」

「聞きたくない！」

目を瞑り、耳を塞ぐ。

「もう嫌だ」

こんな醜態《しゅうたい》を、これ以上沖津に晒すことは耐えられない。

「出て行ってくれ！　頼むから出て行ってくれよっ!!」

そのまま蹲《うずくま》って耳をふさぐと、やがて目の前の身体がゆっくりと立ち上がる気配がした。恐る恐る開けた視界の向こうで、沖津が遠ざかっていく。

佑季は自分でも驚くほど寂しくなって、思わず手を伸ばした。けれど沖津は振り返らない。リビングを出て、玄関へ。少しして、扉の閉まる冷たい音が響いた。

「……はっ」

引きつった笑いを漏らしながら、佑季は宙にさ迷ったままだった手を下ろす。

届かなくて良かった。届いていたら、きっと言ってしまっただろう。「傍にいて欲しい」と。

ぐったりと身体が重い。

慣れない入院から帰ってきた途端、あんな愁嘆場《しゅうたんば》だったのだ。心も身体も、限界だった。

寝室に移動することさえ億劫で、佑季はソファの上に這い上がった。

沖津はコートを置いたまま出て行ってしまったらしい。真昼間とは言え、もう冬が近い。風邪を引いてしまったら困るだろう。それとも新庄が言っていた片思いの相手とやらが看病してくれるのだろうか。

話を聞いた時は、それはもしかしたら、一億分の一の可能性で自分のことなのかもしれないと思った。けれど、きっと違う。こんな自分を想ってくれる人間などいるわけがないし、そもそも沖津には十年前に拒絶されているのだ。

「……くそっ」

目尻に溜まった涙がソファに流れ落ちる。次から次へと流れ落ちる涙の理由も、止める方法も佑季にはちっとも分からなかった。

いつの間にか寝てしまったらしい。

佑季はぼうっとする頭を振って、視線を巡らせた。

開けっぱなしのカーテンの向こう、見える外は暗く、壁の時計は七時近い。

「……沖津？」

呼んでから気が付いた。いるはずがない。数時間前に出て行ったばかりだ。

今日からは、以前の生活に戻るのだ。カズオミと二人きりの穏やかで幸せな生活に。

「カズオミ」

ソファから立ち上がり、カズオミの名前を呼ぶ。名前など呼ばなくても、いつもなら佑季が会いたいと思うだけで姿を現してくれていたはずだ。

しん、としたリビングに佑季は背筋を凍らせた。

「カズオミ!?」

書斎の扉を開け、寝室に駆け込み、カズオミの部屋を覗き、次にトイレを、そしてバスルームを確認する。けれど、どこを探しても、華奢な少年の姿は見当たらなかった。

最後にカズオミに会ったのはいつだったか。

記憶を辿ってぞっとした。最後は佑季が倒れた日、病院に運び込まれる直前だ。三日間、カズオミに会っていない。

どうして今まで気が付かなかったのだろうか。それどころか、自分はこの三日の間、一度でもカズオミのことを考えただろうか。

ありえない。ついこの間まで、ほんの数時間離れていることさえ耐えがたかったのに。

「……カズオミ、どこにいるんだ」

こんなことがあるはずがない。

だって自分は、カズオミがいなければ生きていけないのだ。

身体がガタガタと震えだす。

佑季は衝動的に玄関へと走った。廊下で、鞄に躓《つまず》いてバランスを崩し、盛大にしりもちをつく。倒れた鞄の中から携帯電話が飛び出した。

少しの間、ぼうっと放り出された携帯電話を見つめていた佑季は、やがて震える手で掴み上げ、電話帳からひとつの番号を選び出した。

『佑季？』

相手はすぐに出た。低い声は訝しげだ。

周囲ががやがやしていて声が聞き取りづらい。外にいるのだろう。

「お、沖津どうしよう、俺」

数時間前にあんな別れ方をしたばかりだ。なのに、沖津の顔しか思い浮かばなかった。どうしてか佑季自身も分からない。けれど助けてくれるのは、沖津しかいないと思った。

佑季の様子がおかしいことに、沖津はすぐに気が付いたようだった。

『どうした』

「いないんだ。カズオミが……いないんだ。どこにも」

叫びだしたくなる気持ちを抑えて、なんとか言葉を続ける。

「こんなこと、今までなかったんだ。カズオミは、いつも俺の傍にいてくれたのに……なぁ、沖津。どうしよう、俺、ダメなんだよ。カズオミがいないと、本当にダメなんだ」

十年間ずっと、カズオミの言葉に支えられて生きてきた。

『ちょっと待ってろ、すぐに帰るから』

いいか、と沖津は語気を強めた。

『家で待ってろ』

電話が切れる。切れた電話をじっと見つめながら、佑季は混乱する頭を両手でぐしゃぐしゃに掻きまわした。

沖津の言う通りに家でじっと待っているなんてことは出来ない。このまま蹲っていたら、不安に食いつぶされてしまいそうだ。

佑季は足を靴に突っ込んで、踵を踏み潰したまま玄関を飛び出した。

ちょうど上ってきたエレベータが十六階で止まる。中から隣人の野口が出てきて、驚いた顔をした。

「あら、相葉さん。ちょっと、そんなに急いでどうしたの」

「急いでいるので」

野口を押し退けてエレベータに乗り込む。

外は真っ暗で、ずいぶんと気温が下がっていた。

勢いに任せて出てきたが、いったいどこに向かったらいいのか見当もつかない。頭も心も錯乱状態で、自分がなにをしているのかも分からなかった。分からないまま、身を投げるようにして夜道を走る。

闇雲に走っていた佑季はいつの間にか駅前まで来ていた。ちょうど電車が着いたところだったのか、どっと人が駅の構内から出てくる。その中に、沖津の姿があった。

「お、沖津」

不安で不安で息が止まりそうだったのに、沖津を見た途端、佑季は少しだけほっとした。同時に、今すぐ沖津に縋りつきたい衝動に駆られる。

胸の中に渦巻く不安と焦燥と恐怖を、沖津ならなんとかしてくれる。

「沖津！」

駆け出した佑季の耳をけたたましいクラクションが劈《つんざ》く。はっと振り返ると、左から乗用車が迫ってきていた。愚かなことに、自分が飛び出した先が道路だったのだと、とっさに判断出来なかった。

「佑季!!」

長く響き渡るクラクションに重なって、自分の名前を呼ぶ声が聞こえる。タイヤと地面の擦れる嫌な音も重なる。

佑季は思わず目を瞑った。

どすんと大きな音がする。身体への衝撃もあった。けれど視界は真っ暗で、佑季にはなにが起こったのか全くわからない。

それほど身体に痛みがないことが不思議で、佑季はそっと瞳を開けた。

「だ、大丈夫ですか！」

運転席から若い男が出てきた。

大丈夫だと答えようとして、佑季は起き上がる。半身を起こして初めて、佑季は傍らに倒れている身体に気が付いた。長い腕が守るように佑季の腰を抱いている。

「……沖津？」

車が迫る直前、自分を呼んだ声を思い出す。佑季の腰から誰かの腕がずり落ちた。

「沖津っ！」

沖津が倒れている。その頭部から地面に広がる真っ黒な液体に気が付いて、佑季はそっと触れた。指先が赤く染まり、ひゅっと喉が鳴る。

「お、沖津？　なぁ、沖津？」

身体を揺らしても反応がない。

「沖津、沖津！」

「揺らしたら危険です！」

運転手の男が佑季の身体を後ろから押さえた。

「放せよっ、沖津が！」

止まった対向車のヘッドライトが沖津の顔を照らす。生気の感じられない顔色に、佑季は言葉にならない叫び声を上げた。

周囲に人が集まってくる。誰かが「救急車を」と叫んでいた。

「沖津、沖津っ！」

佑季が叫び続けていると、長い睫毛がぴくりと反応したように見えた。身体を押さえる運転手の手から強引に逃れて、沖津に縋り寄る。

「沖津！」

「……佑季、うるさい。聞こえてる」

薄っすらと開けられた黒い瞳が佑季を見て、仕方ないなとでも言うように微かに笑う。

「怪我《けが》は？」

「そんなの、そんなの沖津が、」

守ってくれた。本当ならこうして頭から血を流して倒れているのは、佑季だったはずだ。

「よかった」

「沖津は、馬鹿だ」

自分勝手にやつ当たりをし沖津を追い出した。それなのに数時間で掌を返したように助けを求めた自分のために走ってきて、あまつさえ、こんな風に身体を楯《たて》にしてまで守ってくれた。

ここまでされて、意地を張り続けられるわけがない。

「沖津、やだよ。俺は、いやだ」

心の奥底に仕舞われていた本心がぽろぽろと口から零れ出る。

沖津が怖かった。十年ぶりに姿を現したあの日からずっと、怖くて怖くて仕方がなかった。

——お前は俺を好きになる。

それが近い将来本当になってしまいそうで、戦慄《せんりつ》した。もう傷つくのは嫌だ。拒絶されるのも嫌だ。

でも今はもっと、嫌なことがある。

「アンタがいなくなったら、嫌だ」

こうなることを、一番恐れていたのに。

ぼたぼたと佑季の瞳から流れ落ちる涙を拭って、沖津が苦笑した。

「縁起でもないことを言うな、馬鹿」

そういう意味ではなかったのだけれど。傍にいて欲しいと言い直すことも出来ず、佑季は沖津の胸に顔を伏せて泣いた。

遠くから、救急車のサイレンが響いてきていた。

7

診療時間の終わった病院は薄暗い。入院棟に行けば看護師や患者がうろうろしているのだろうが、一般病棟ではナースステーションの明かりさえ消えている。

牧村が腰に手を当てて、呆れた顔で佑季と沖津を見比べた。

「入れ替わりで運ばれてくるなんて、君達は仲がいいんだか悪いんだか分からないね」

「悪い、色々迷惑かけて」

「別にね、いいんだけど。帰り際にいきなり呼び出されて泣きじゃくる相葉を宥めたりとか、その割りに沖津さんは軽い脳震盪《のうしんとう》と打撲《だぼく》だけだったりとか、それもまぁ、いいんだけど」

「だから、悪かったって」

流れ出ていた血の量から、そんな軽症だと思わなかったのだ。混乱していたせいもあるだろう。撥ね飛ばされた衝撃で一瞬気を失っただけだったらしい沖津は、気が付いてからはずっと意識を保っていたし、到着した救急隊員の質問にも、佑季よりずっと冷静に答えていた。

それでもやはり、頭に巻かれた包帯が痛々しい。しばらくは通院することになるようだ。

「はい、これ処方箋《しょほうせん》、預かってきた。隣の薬局で薬受け取ってね。正面は開いてないけど西側の臨時入り口が開いてるからそっちから入って。沖津さんはしばらく、あんまり激しく頭動かしちゃダメだよ」

「分かってる。さて帰るか」

長椅子から立ち上がった沖津に釣られて、佑季も腰を上げる。

「……どこに?」

自信なく問いかけると、沖津は肩を竦めた。

「家主が帰ってくるなと言うならホテルにでも行くが」

出て行けと言ったのは佑季だ。帰ってきて、とも言いづらい。

「ホテルは嫌いなんだろ」

ふてくされたような声音になってしまい、そっぽを向くと、牧村が噴き出した。

「素直じゃないいなぁ。ごめんね、沖津さん」

「大丈夫だ。この一ヶ月でなんとなく分かってきた」

沖津の言葉に佑季は眉根を寄せる。

「なにが分かったって言うんだよ」

「そういうところだ。ほら、帰るぞ」

沖津の手が佑季の手をぎゅっと握り締める。文句の一つでも言ってやろうと思うのに、なぜか口に出来ず、握り締められた手を振り払うことも出来ずに、佑季は牧村に背中を見送られて、今朝退院したばかりの病院を後にした。

朝と違って大勢の見送りはいない。その代わり、傍らに沖津がいる。

ぎゅっと指に力をこめると、沖津が振り返った。少し驚いているようだ。

「なんだよ」

「……いや、怪我の功名《こうみょう》ってのはこういうことだな」

くつくつと喉で笑い出す。

「は、放せよ！」

そう言うと、案外あっさりと沖津は佑季の手を解放した。ほんの少しだけ寂しさを覚えて、佑季は先を行く沖津の背中を睨みつける。

「不満か？」

背中に目でもついているのだろうか。

「全っ然」

ふん、と鼻を鳴らした佑季に、沖津は静かに肩を揺らして笑った。

薬局で薬を受け取ってタクシーで帰宅すると、時間は十時を回っていた。

正直、くたくただ。けれど風呂に入る気にも、ベッドへ行く気にもなれず、佑季はリビングの椅子に座った。

一度キッチンに立った沖津は、二人分のコーヒーを淹れて戻ってきた。佑季の向かいに座って、伸びをする。怪我が痛むのか、少し動きがぎこちない。

ミルクと砂糖が多めに入れられているようだ。甘いコーヒーを一口飲んで、佑季は「コーヒーぐらい俺が淹れてやるのに」と、不満気に呟いた。

「お前が淹れると、思いっきりブラックにするだろう」

そう言うと沖津は周囲を見渡す。

「いないのか」

「いない」

カズオミは、どこにもいない。

こうして沖津とリビングで向かい合っている時には、必ずソファに座って見守ってくれていたのに。ソファは広々としてもの寂しいだけだった。

「……いいんだ」

気持ちはかなり落ち着いている。

「大丈夫だよ」

佑季が肩の力を抜いてぎこちなく笑うと、沖津も微かに笑った。

「とにかく、お前がなんともなくてよかった」

「ちっとも良くない。アンタは自分のことを考えろよ」

沖津の後頭部から流れた血を思い出すと、今でも肝《きも》が冷える。

「俺は、……アンタが死ぬかと思った」

大げさに騒ぎすぎたと分かっている。けれど自分で自分が制御出来なかった。必死だった。

「泣くなよ」

沖津の手が佑季の頬を撫でた。

「泣いてない」

「泣いてただろ」

佑季の目元は、今はもう乾ききっている。それなのに、沖津の言葉に喉の奥が熱くなり、佑季は懸命にせり上がってきた熱を呑み込んだ。

佑季が倒れた時、沖津は同じ気持ちだったのかもしれない。失いかけた意識の向こうで、何度も佑季を呼ぶ声を聞いた。その声が、必死に沖津に呼びかける自分の声と重なる。

俯きかけた佑季の頭を沖津が乱暴に撫でた。

「まぁ、たとえ死んでも死にきれなかっただろうが。幽霊になって、それこそお前のカズオミみたいに、四六時中お前に張り付くかもしれないな」

「どうして」

「どうしてって……」

沖津が目を眇めた。分からないのか、と問われたように感じて、佑季は口を噤む。もしかしてと、期待めいた気持ちが自分の中にあることを否定出来ない。けれどその期待を取り出して沖津に見せる勇気が、どうしても湧いてこなかった。

カズオミがいてくれればいいのに。背中を叩いて「頑張って」と笑ってくれればいいのに。この期に及んで、まだカズオミを頼っている自分が情けなくて、佑季は拳を握った。

カズオミはいない。そして、もしかしたらこの先ずっと、いないままかもしれない。

机の上で震える佑季の拳を、そっと大きな手が包み込んだ。

「佑季。少しだけ、昔の話をしないか」

俯きかけていた顔を上げる。

「お前は、終わったことだと言った。俺もお前に会うまではそう思っていた。でも俺達はたぶん、少しも終わらせられてないんだ。だからお前は俺の幻覚なんて作ったし、俺はいつまでもお前のことを引き摺っている」

「なに言って……」

逃げ出したい気持ちになる。

十年前のことは、佑季の中で一番のタブーだ。親友の牧村にさえ、詳しくは話せなかった。無関係の他人に対してでさえそうなのに、沖津と話せるわけがない。今まで沖津が話そうとするたびに、必死の思いで避けてきた。

沖津が逃げるな、とでも言うように指にぎゅっと力を込めた。

「お前のことが好きだ。十年前からずっと、好きなんだ」

「……嘘だ」

どうしてそんなひどい嘘をつくのだろう。あんまりだ。十年前からなんてことは、決してありえない。それは沖津に告白した佑季が、一番よく分かっていた。

先ほどは我慢できたはずの涙が、じわりと目尻を濡らす。

「嘘じゃない」

「だってじゃあ、あの時なんで」

——気持ち悪い。

「あんな、こと！」

「佑季、頼むから落ち着いて聞いてくれ」

落ち着けるはずがない。

沖津のせいで、佑季の人生はずいぶんと変わった。

文章を書くことは好きだ。カズオミに出会えたことも幸せだった。けれどつらかった。沖津に否定された自分を生きることは、つらくてつらくて、現実から目を逸らさないと生きていけなかった。全てはその結果だ。

「俺は、アンタを好きだった」

そしておそらく今でも。

「でも、だからってそんな嘘、聞きたくないんだ」

嫌だ嫌だと首を振る佑季は、まるで子供のようだ。みっともないと分かっているが、どうしようもない。

「嘘じゃない。気持ち悪いと言ったあれは、お前のことじゃないんだ」

なおも言い募ろうとする沖津を、佑季は潤んだ目できっと睨む。

「あの状況で、俺以外のなにが気持ち悪かったって言うんだ」

「俺だよ」

「……は？」

予想外の答えに、佑季は瞳を瞬かせる。

沖津は肺の中の空気を全部入れ替える勢いで、大きな深呼吸をした。

「あんまり間抜けで、出来れば言いたくなかったんだが…………緊張で眩暈がしたんだ」

「……よく、分からない」

言葉の理解力はある方だ。察しも悪くないだろうと自負している。けれど、この時ばかりは自信を失った。

沖津の言う意味が、本当に分からなかった。

だから、と沖津が苛立たしげに、あるいはもどかしげに続ける。

「お前のことが好きで好きで、あの時の俺にとって、お前は絶対だった。そんなお前にいきなり告白されて、混乱して……過呼吸を起こした。お前が俺を放置して一人で帰った後、通りがかりのじいさんに助けてもらったんだ」

「……は？」

「ちゃんと説明しようにも気分悪すぎて出来ない上にお前は遊びだって言い出して、俺だってかなりトラウマになった」

頭が全く働こうとしない。思考は止まったままだ。ただ、全てが佑季の勘違いだったと、沖津がそう主張していることだけは分かる。

「だって、あんな見え透いた嘘、信じたのか？」

あの時自分は涙目だった。声も震えていただろう。どこからどう見ても、苦し紛れに出まかせを言ったようにしか見えなかったはずだ。

「だから、俺にもそんな余裕はなかったんだ」

沖津は気まずげに頭を掻いた。

「嘘か本当か、分からなかった。次の日からお前が俺を避け出して……問いただす勇気も持てなかった。怖かったんだ。だから俺は、俺の気持ちに見切りをつけた。お前の言葉は全部本当で、俺はからかわれてただけだって、そう思うほうが、楽だったんだ」

「なん、だよ。それ」

十年以上を経てのあんまりな告白に、拍子抜けすることさえ出来ない。自分たちはそんな下らないことですれ違ってしまったのか。

「それでもお前を忘れられなかった。お前がデビューしてからは雑誌記事だとか新刊情報だとかいちいちチェックして、まるでただのファンだった。それで良かったはずなのに……先月に出た本があっただろう。あれを読んで、また分からなくなった」

あの本には、沖津との楽しかった思い出が詰まっていた。言われて嬉しかったことや、楽しかったことばかり。沖津本人に分からなかったはずがない。

「あれは本当に告白だったんじゃないかって、そう思い出したらもう、お前のことしか考えられなくなった。だから、会いに来たんだ」

佑季を見る目は、嘘を言っているようには見えなかった。

「なんだよ、それ。だって沖津、最初から自信満々で、俺が沖津を好きになるとかわけの分からないこと言って」

混乱した末に佑季に会いに来たなんて様子には、とても見えなかった。だから佑季も反発したのだ。様変わりしてしまった沖津は、ひどく傲慢で、自分の好きになった繊細な少年はもうどこにもいないのだと言われたようで悲しかった。

沖津が困ったように笑った。

「覚えてないか？　お前が言ったんだ」

「俺が？」

「いつかの帰り道、俺には自信が足りないって言い出して、」

絵に描いたような夕暮れで、カラスが飛んでいた。

『沖津はさ、もっと自信持てばいいんだ』

『自信なんて持てないよ。相葉くんと違って、俺はなにも出来ないし』

『俺だってなにが出来るわけでもないよ。……そうだ沖津。いい方法教えてやるよ』

『いい方法？』

『あのな、言霊《ことだま》って知ってるか？　自信のない時ほど虚勢を張るんだ。そうすれば、』

「嘘も本当になるからって……そう言ったんだ、お前は」

確かに、そんなことを言った。

あの頃の佑季がそうだった。コンプレックスだらけの自分を、虚勢で覆い隠して、それが本物だと周囲に信じ込ませていた。沖津に自分を重ねていた佑季は、沖津ならきっと自分と同じようになれると思った。

「じゃあ、好きになるって、あれは」

佑季は戸惑いながら、確認するように沖津を見つめた。沖津が小さく頷く。

「好きになって欲しいってことだ」

沖津は握っていた佑季の手を引き寄せて、指先に唇を落とした。

「最初は少し顔が見られたらそれでいいと思った。でも会ったら、駄目だったな。傍にいたくなった」

ふと沖津が微笑む。

「ずっとお前のことが好きだった」

引っ込みかけていた涙がぽたぽたと頬を伝って落ちる。沖津に口付けられた指先が熱くて、身体まで火照ってきた。

「お、俺のこと置いてあっさり出て行ったくせに」

出て行けと言った自分のことは棚に上げて、沖津を責める。感情に任せて吐き捨ててしまった言葉に、沖津が大人しく従ったことが、あの時とても悲しかった。

「出て行ったわけじゃない。落ち着くまで一人にしておいた方がいいと思っただけだ。……いや、カズオミと二人に、か」

頼みのカズオミは消えてしまっていたが、と沖津が肩を竦める。

「だいたい荷物だって全部置いて行っただろうが」

確かに、大きなスーツケースも出社用の鞄も、全部リビングの隅に置いたままだ。

「どこ行ってたんだよ」

「会社だ。溜まった仕事を片付けていた」

「嘘だ。電話した時、外にいたくせに」

「帰る途中だったからな」

佑季はふん、と鼻を鳴らした。

「とか言って、片思いの相手とデートでもしてたんじゃないのか」

「……なにを言ってるんだ、お前は」

「新庄が言ってた。片思いの相手を口説きに来たんだろう」

さすがに沖津の顔も、これ以上ないというほどの呆れた表情になった。今までお前は何を聞いていたんだと、顔に書いてある。

「どこをどうしたら、それがお前以外の人間になるんだ」

「だって、……片思いじゃないだろ」

虚を突かれたように黒い瞳が丸くなる。ここにきてやっと相手から一本取れた気がして、佑季は満足げに笑った。

どちらともなく唇を重ねあう。

暖かい感触のするキスに、佑季はうっとりと瞳を閉じた。

一緒に寝ればいいと言い出したのは、佑季だった。沖津は仮にも怪我人だ。ソファでなんて寝かせたら、自分が牧村に怒られる。ずいぶん苦しい言い訳であることは、充分承知していた。本当に怪我が理由なら、カズオミの部屋を沖津に明け渡せばよかったのだから。

どうしても沖津から離れたくなかった。そんな佑季の気持ちを汲んでか、沖津は無理のある理由に突っ込むでもなくからかうでもなく、部屋着に着替えると寝室へとやってきた。

沖津の髪や身体は微かに湿っている。シャワーを使ってきたらしい。

「いいのか、お湯なんて浴びて」

「軽くなら問題ないだろう」

沖津はまっすぐ、ベッドに腰掛ける佑季のもとへ歩いてきた。佑季が手にしていた本を攫《さら》ってぺらぺらと頁《ページ》を捲る。

「なにを読んでたんだ」

「献本された本だよ」

内容なんて少しも頭に入ってこなかったが。

「でも……遅いし、寝ようか」

とっくに日付は跨いでいる。

部屋の電気を消して布団に潜る。羽毛布団に半分顔を埋めて息を潜めていると、脇で微かな灯りがともった。

沖津がナイトテーブルの上の照明器具を点けたようだった。

「佑季」

ぎし、とベッドのスプリングが軋《きし》む。

佑季が恐る恐る顔を上げると、真上に沖津の顔があった。なまじ正統派俳優のような整い方をしているものだから、映画でも見ている気分になってくる。

「……なに」

「俺は誘われたんだと思ったんだが」

そういう意味合いが全くなかったと言えば嘘になる。けれどいざとなると、腰が引けて仕方がない。

近づいてくる沖津の顔を手で押さえた。

「う、動くなって言われただろ。頭打った後って気持ち悪くなることがあるって言うし」

「気持ち良くなりこそすれ、悪くなったりはしないだろう」

佑季はかっと頬に血が上るのを感じた。

「こ、告白ぐらいで過呼吸になったくせによく言う」

「昔のことだ」

そう言いながらも、沖津の瞳には後悔があった。

「……どうしたんだよ」

「あの時、俺があんなに情けなくなければ、お前が傷つくこともなかったし、こんなに遠回りすることもなかったのにな」

確かに、沖津の言う通りだ。けれど、もしもの話なんて意味がない。それに、佑季が沖津に拒絶されたと思わなければ、カズオミが現れることもなかっただろう。

カズオミとの十年間は、何にも変えがたい大切な時間だ。

「俺は、これでよかったと思うけど」

あの頃の佑季たちはあまりに多感で、剥き出しだった。あのまま付き合ったとしても、どこかで傷つけあって、別れていた可能性だって充分ありえる。

「今、こうしているんだから、昔のことなんてどうでもいい」

嘘でも強がりでもなく、心からそう思うことが出来る。それが、佑季にとってどんなにすごいことか、きっと沖津にだって分からないに違いない。

こっそりと笑った唇に沖津の唇が重なる。歯列の間から割り入ってきた舌を、佑季は拒否出来なかった。

「ん、……あっ、ほ、本当に、だめだって……んっ」

言葉だけで制止してみせたところで沖津が止まるわけがない。

「どうしたって、動くことに、なるん……だし……」

沖津の手が布団を剥ぎ取り、佑季の身体に触れる。布越しに感じる掌の体温に、佑季の背が震える。

佑季の唇を貪《むさぼ》っていた沖津は顔を上げて、間近でにやりと笑った。

「それは激しくして欲しいっていうおねだりか？」

「ち、ちが……んっ」

否定する前に再び口を塞がれてしまう。

その間にも沖津は器用に佑季の部屋着を脱がせていった。露わになった胸を長い指が撫でる。脇腹を摩《さす》られるとぞくぞくして、下肢が熱くなった。

「んっ、……あっ」

沖津の指がズボンのウエストに掛かる。下着ごとずるずると摺り下げられて、中途半端に勃ち上がった佑季の昂りが露わになった。

空気に晒されて微かに震える熱を、沖津が躊躇《ちゅうちょ》なく握り込む。ぐりぐりと先端を刺激される感触が耐えられない。

「やっ、沖津……そんな風に、しな……ひぁっ」

佑季だって、他人との経験がないわけではない。

カズオミさえいればいいと思う傍らで、触れられない寂しさに胸を締め付けられ、一瞬の熱を求めることがあった。そんな夜は、後腐れのなさそうな相手を捕まえて一晩過ごした。次の日の朝、ひどい自己嫌悪に襲われると分かっていても、一瞬の快楽に身を任せて何も考えられなくなりたかった。そして行きずりの相手は、佑季の望みを確かに叶えてくれた。

沖津に齎される快感は、過去のどんな性行為とも比べ物にならない。どうして身体がこんなにも過剰に反応してしまうのか、ちっとも分からない。

少しすると、佑季の昂りは完全に勃ち上がった。濡れている先端に向けて口を開けた沖津に気が付き、慌てて上体を起こす。

「ま、待て！」

「……なんだ」

不満げな視線に射抜かれて一瞬たじろいだが、佑季も負けないくらいの力をこめて沖津を睨み付けた。

「そ、それは嫌だ」

「なんでだ」

「な、なんでって……」

こんな状態でそんなことをされたら、すぐに達してしまうだろう。沖津とこうなるだろうと予想した時点で自分が組み敷かれることは覚悟していたが、それだけならまだしも、早い、などと思われたら男の沽券《こけん》に関わる。

それに、理性を失った時、無意識に沖津の頭に触れない自信がなかった。

「気にするな」

「そんなわけにいくか！」

佑季は呻いて両手で自分の頭を掻き乱した。

こうなったら仕方がない。

「もういい！　俺がやる」

意を決して沖津の腕を引き、身体を入れ替えた。

「お前がって……佑季、おい」

「アンタはせいぜい喘《あえ》いでろよ」

憎らしいことに少しも乱れていない沖津の服に手を伸ばす。乱暴にシャツのボタンを外し、首筋に口付けると沖津が息を呑んだ。

「おい、佑季」

「俺がアンタに突っ込もうなんて空恐ろしいこと考えてるわけじゃない。いいからアンタは大人しくしていてくれ」

沖津の身体は程良く鍛えられていて、とても綺麗だった。ただ細いだけの佑季とは比べ物にならない。緊張でぎこちなくなる自分を心の中で叱咤《しった》し、胸を撫で、腹を舐《な》める。ゆっくりとズボンを下ろすと、沖津の下腹部はすでに熱を孕んで勃ち上がっていた。

驚いて佑季は沖津を振り仰ぐ。

「なんだ」

「いや、だってお前、あんな平然としてたのに」

「この状況で勃っていなかったら病気だろう」

痴態《ちたい》を晒していた自分だけではなく、沖津もきちんと感じていたことに安堵して、佑季は心を決めた。

「下手でも文句言うなよ」

そう言うと沖津の脚の間に入り込み、昂りを躊躇いなく口に含んだ。

「……うっ」

沖津が漏らした小さな呻き声に背中を押されて、佑季は舌を動かす。口腔《こうこう》内を占領する熱に頭がくらくらした。

側面に吸い付き、凝った双球を食《は》み、先端を優しく割るように刺激する。ふいに沖津の身体が小さく震え、屹立《きつりつ》がさらに怒張した。

「ふっ……んんっ」

足りなくなった酸素を求めて、咥えていたものを口から出す。それでも止める気にはなれず、荒く呼吸をしながら、ちゅっちゅと音を立てて先端に吸い付いた。先走りと唾液が混ざって透明な糸を引く。

「佑季、もういい」

「……んっ、まだ」

再び咥え込もうとする佑季の頭を沖津が遮る。

「限界だ」

そう告げると、佑季の身体を引き上げて、正面に抱き込んだ。互いの熱が触れ合い、それだけで佑季は快楽に震える。沖津の瞳は仄暗《ほのぐら》い情熱を孕んで佑季を欲していた。

「アンタは動いたら、ダメだ」

「この状況で動かない男がいるか」

気持ちは分かるが、無理をして欲しくはない。佑季が眉根を寄せると、沖津は肩を揺らして笑った。少し獣じみた笑みだった。

「まぁ、そう言うならお前にも動いてもらう。ゴム、あるか」

佑季はナイトテーブルに手を伸ばし、二段目からコンドームを取り出した。受け取った沖津が歯でパッケージを破り、薄いゴム膜を指に被せる。その指を佑季の後孔に伸ばし、ゆるりと撫でた。

「……ん」

「挿《い》れたことは？」

佑季は沖津の肩に額を当てて、小さく首を振った。

「指、くらいしか」

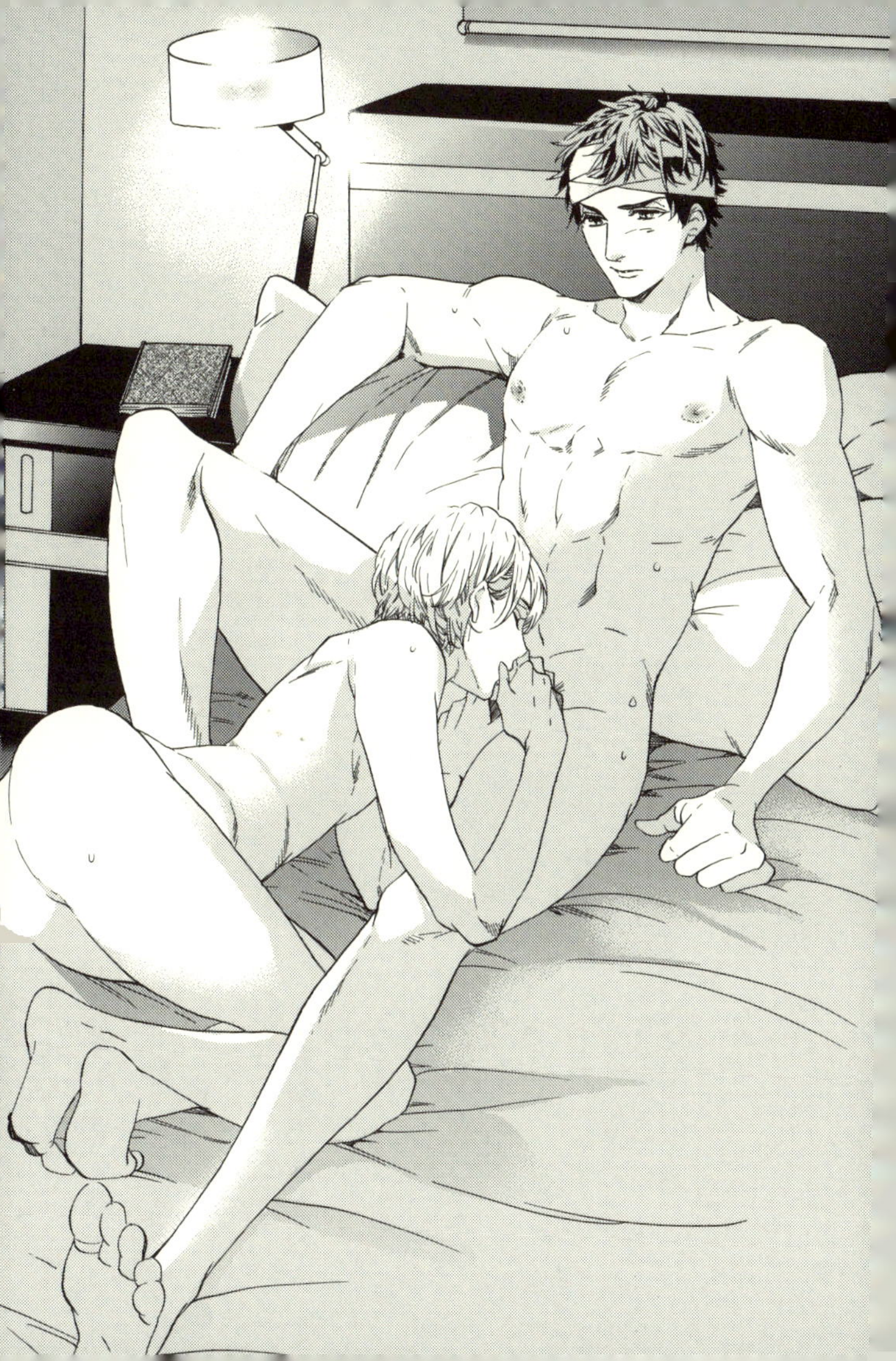

行きずりの人間との営みで、そんな場所を使うのは恐ろしかった。逆にどうしても挿れて欲しいと強請られて挿れたことならある。けれどそれも数える程度だ。

沖津が空いた手で宥めるように佑季の肩を叩く。

「優しくしてやる」

耳朶に吐息がかかる距離で囁《ささや》かれて、びくりと身体を反応させると同時に、窄《すぼ》まりにぬめった異物がゆっくりと侵入してきた。沖津の指であることは分かっている。自分を傷つけるものではない。それでも身体は緊張して無意識に力が入ってしまう。

指は探るようにぐるりと内壁を撫で上げながら中へ中へと押し入ってくる。痛みはないが、必要以上に力が入ってしまっているせいで、一本でもずいぶんきつい。

二人の間では互いの屹立が擦れ合って揺れている。佑季は快楽で気を逸らそうと、二つの昂りを一緒に握り込んだ。

「ふっ……んっ、んっ」

なんとか意識を前方に向けていると、やがて指が二本に増やされた。

「痛みは？」

首を横に振って答える。違和感は増したが、痛みは全くない。沖津の動きは宣言どおり、ひどく丁寧で優しかった。

「もう少しだから我慢しろ」

額に、鼻先に、唇に、何度もキスをされる。夢中で沖津の唇を意識で追っていると、ふいに沖津の指が佑季の敏感な場所に触れた。

「――んあっ」

あからさまなほど艶を含んだ声が漏れる。

「ここか?」

「やめ、……そこ、そこ……ちがっ」

ぐいと再び刺激されて、佑季は身体をくねらせた。

「ちゃんと言え。良くしてやりたいだけだ」

「い、からっ……やめ、……ふっ」

無意識に腰が動く。強引ではないが決して快楽から逃れさせてくれない沖津の指が内壁を緩く刺激する。

「や、も……いく」

「いいから、出しておけ」

先ほどより強い力でぐんと奥を突かれ、佑季は背筋を反らした。

「んっ、ああっ」

手の中の屹立の先端から、びゅくっと白濁が飛び出して互いの腹部を汚した。

一人だけ達してしまった羞恥《しゅうち》に頬を染める暇もなく、沖津が佑季の白濁を掬《すく》い取り、指を咥え込んだままの窄まりに擦り付ける。

「……あっ、沖津、待って、もう」

ぐちゅぐちゅと音をたてる窄まりに、さらに指がもう一本潜り込んできた。

「ここで終わりなんて言われたら、さすがにキレる」

「いっ、言わないっ、けど……んっ」

今度は探ることとなく敏感な部分を責められる。下半身はぐずぐずで、最初に感じた強い違和感は快楽に溶けかけていた。

再び佑季の性器に熱が籠もり、ゆるゆると勃ち上がり始める。

「お、沖津、待てって、このままじゃ……っ」

すぐにまた佑季一人で達してしまう。それだけは避けたい。

「も、いいから、挿れ、ろって」

ぐずぐずと自分の中を掻き回す指を阻止しようと沖津の腕を掴む。

「これ、は、もういい、から」

充分解れているとは言いがたいのかもしれない。けれどこれ以上この状態で一人翻弄《ほんろう》されるのは嫌だ。沖津は「分かった」と頷いて、佑季の窄まりから指を抜いた。ずるりと引き出される感覚に息が乱れる。なんとか呼吸を整えようとしていると、沖津は佑季の身体を引き上げて、膝立ちさせた。

「お前が自分で挿れろ」

「そっ……そ、んなこと」

沖津の言葉に動揺して、声が裏返る。

「支えてやるから。俺がやると、暴走しそうで嫌なんだ」

すればいい。こんなことまでしているのだ。その上、佑季は自分一人が激しく乱れているようで居たたまれない。どうせなら暴走でもなんでもされてしまったほうがマシだ。

けれどすぐに思い直す。沖津に大人しくしていろと言ったのは自分だ。

佑季は意を決して沖津の昂りをそっと後孔に当てる。

「ゆっくり、無理だと思ったら途中で止めていい」

「無理じゃない」

佑季はムキになったように言い返して、身を屈めた。

「……んっ」

ぐちゅ、と音がして先端が窄まりを擦る。うまく入らず、片手で位置を確かめながら沖津の屹立を握って、ぐん、と腰を下ろした。

「馬鹿、そんなに一気に挿れようとするな」

「だって、……んんっ」

沖津の腕が佑季を支える。

それから佑季は、眩暈を感じるほどゆっくりと、沖津の屹立を後孔へ挿れていった。途中、自棄になっていっそ一度に飲み込んでしまったほうが楽なんじゃないかと思ったが、そうしようとするたびに、沖津に宥められた。

実際はそうたいした時間ではなかったかもしれない。けれど佑季にとってはひどく長かった。ぐったりとして身体に力が入らない。

「頑張ったな、佑季」

佑季の目尻に浮かんだ涙を舐めとって、沖津が優しく囁く。よしよしと頭を撫で、まるで子供扱いだ。

返事も出来ないでいる佑季を慮《おもんぱか》ってか、沖津がぐるりと身体を反転させ、二人の身体が入れ替わった。

「――ん、ふぁ」

少し動くだけで後孔が伸縮する。

「大丈夫か?」

ここで憎まれ口のひとつでも叩いてやったほうが、佑季らしいだろう。けれど佑季を覗き込む沖津の瞳を見ていると、生意気な言葉はとても出てきそうになかった。

身体はつらい。苦しくて、痛い。それでも、

「沖津、お、れ……俺、今すごく」

嬉しい。

そっと吐息交じりの微かな声で告げる。

途端、窄まりに埋め込まれていた沖津の熱がぐん、と体積を増した。

「んあぁっ」

「……悪い」

佑季の額に張り付いた髪を沖津が後ろに流す。

「そんなの、いい、から。う、動けよ」

「もう少し待ったほうがいい」

「動け、て……頼むからっ」

懇願するように小さく叫び、沖津の唇に貪るようなキスをする。佑季の煽るような舌使いに刺激されたのか、沖津がずん、と腰を動かした。沖津の固く凝った昂りが、佑季の奥を暴いていく。先ほど指で嫌というほど責められた場所を先端で触れ、擦り、そして突く。二人の間で反り返る佑季の昂りの先端は、再びぬらぬらと液体を零した。

佑季は沖津の身体に縋り、熱に浮かされるようにそっと呟いた。

「和、臣」

ふいに、沖津が動きを止める。突然与えられなくなった快楽に、佑季の口から意図せず不満げな声が漏れた。

「なん、だよ……？」

もどかしくてたまらない。けれどそんな佑季を無視して、沖津は痛いほど真っ直ぐな視線で佑季を見下ろす。

「俺のことだろうな」

「……え？」

「俺の、名前だろうな。それは」

言わんとしていることを察し、佑季は思わず沖津の頭をひっぱたきそうになった。黒い髪の隙間から白い包帯が覗いていなかったら、確実に叩いていただろう。仕方なく、ぐいと顔を引き寄せて乱暴に唇を重ねる。苛立ち紛れに、舌を強めに噛んでやった。

「この状況で、お前以外の誰の名前を呼ぶんだよ」

もちろん、沖津にそんな疑問を抱かせた原因が自分にあることは承知している。以前、バスルームで抱かれそうになった時、必死に「カズオミ」が沖津でないことを訴えたのは自分だ。それでも、あの時とは状況が違う。今ここまできて、疑って欲しくはない。

「……お前だよ。お前を呼んでるんだ、和臣」

沖津を、沖津和臣を。

沖津がぐっと息を詰めた。眉間に皺を寄せ、なにかに耐えるように黙り込む。まだなにか余計なことを考えているのかと、思った瞬間、再び沖津が動き出した。

「えっ？　あっ、や、やめっ、んんぁっ」

先ほどよりもずっと、激しい動きに、佑季は高い声を上げる。容赦なく追い詰めてくる快楽に抗えず、限界はすぐにやってきた。

「あ、あ、和臣っ、も、い、いくっ」

身体中を渦巻く熱が弾けそうになった時、沖津の指がぐっと解放を堰《せ》き止めた。昂りの根元をぎゅっと押さえ込まれ、佑季は身体中に溜まった熱の捌《は》け口を失う。

「いっ……ん、んんっ、はな、せ……やだっ」

頭の中がどろどろで、ただひたすらに快楽の出口を探して腰を揺らす。涙の向こう、霞《かす》む視界で、沖津も熱に浮かされたような顔をしていた。

「もう少し我慢しろ。一緒にいこう。……な？」

妙に優しげな声を耳朶に吹き込まれ、佑季はほんの僅かだけ残っていた理性を全て、手放した。

「――ひあっ。いく、一緒、に、いく、からっ」

強請《ねだ》るように沖津に腰を押し付ける。

しゃくりあげるような声で、和臣、和臣と繰り返し、繰り返したぶんだけ唇を塞がれる。

「いいか？」

「い、い。気持ちぃ、……んあぁっ」

身体が軋むほど強く抱きしめられ、ぐんと一層強く突かれた。その瞬間、沖津の指が佑季の昂りを解放し、溜まりに溜まった熱が白濁となって放たれる。同時に自分の身体の奥深くで沖津の熱が弾けるのを感じ、佑季は沖津の身体を精一杯の力で抱きしめ返した。

8

気が付くとパソコンの前に座っていた。いつもの家、いつもの書斎。なんら変わったところはないのに、佑季は一瞬で、これが夢なのだと気が付いた。

振り返ると、そこには華奢な少年が立っている。慈愛に満ちた、けれど幼さの残る優しい笑みで、佑季に微笑みかける。

「カズオミ」

椅子から立ち上がり、カズオミに手を伸ばす。夢なのだからと少し期待したが、やはり触れることは出来なかった。

「カズオミは、いつだって俺の望むことだけをしてくれたよな」

佑季が受け入れて欲しいと願えばなんでも受け入れてくれた。一緒にいて欲しいと願えば、いつでも一緒にいてくれた。

「だから、どうしてカズオミが沖津と一緒に住めばいいなんて言い出したのか、ずっと不思議だった。……俺が願ってたんだな。沖津と一緒にいたいって、本当は思ってた」

カズオミは否定も肯定もしない。ただ優しく笑っているだけだ。けれどその表情こそが、佑季の答えに頷いてくれているようだった。

「無条件に愛されるなんて奇跡みたいなこと、この世にはきっとありえないんだ」

みんなそれぞれ理由があって、人を愛している。親だとか、子だとか、優しくしてくれたとか、好みだったとか。色んな理由があって、それが当たり前だ。

カズオミが佑季を愛してくれたのは、佑季から生まれたからだ。

「カズオミが俺にくれた愛のぶんだけ、俺は愛されたいと思ってた」

家族に、友人に、そして好きな人に。

カズオミが代替品だったのかと問われれば、佑季は違うとは言えない。それでも、

「愛していた。本当に」

佑季を救ってくれたのはカズオミだ。

「心配ばっかりかけて、ごめんな。でも、もう大丈夫だ」

誰かに縋り、依存しなくても、一人で立ち上がれる。それにもし倒れ込んでしまいそうになっても、手を掴んで起こしてくれる人がいる。

「ありがとう、カズオミ」

心から感謝している。してもしきれないくらいに。

伝わっただろうか、と佑季がカズオミを見つめていると、カズオミが小さく頷いた。そして、

——ばいばい、相葉くん。

懐かしい呼び名に気を取られているうちに、少年の姿はすっと薄くなって、消えた。


外が明るい。おそらくカーテンが開いているのだろう。まだ眠いのにと、ぼんやりとした不満を布団と一緒に抱え込んで顔を埋めると、すぱん、と頭を叩かれた。

「……いた」

「朝だ。飯が出来てるぞ」

なかなか開こうとしない瞼《まぶた》の向こうで沖津の声がする。

ひどく身体が疲れている。まだ眠っていたい。けれどこのまま眠っていたところで次には布団を引き剥がされて強引にリビングに引っ張っていかれるのだ。

仕方がない、と諦めて、佑季は懸命に目を抉《こ》じ開けた。

案の定、そこには沖津が腕を組んで立っていた。休日だというのに、ぴしっとノリの利いたシャツを着ている。

「何時?」

「十時前だ。もう充分寝ただろう」

きっと沖津自身はいつも通りに起きていたのだろう。なぜこんなにも元気なのか不思議でならない。沖津は怪我人である上に、眠りについたのは明け方に近かったはずなのに。

「おはよう」

起き上がって掠れる声で言うと、返事をした沖津はベッドに腰掛け、佑季の頭を撫でた。

「大丈夫か?」

「なにが」

「身体に決まってるだろう」

たとえ後孔に慣れない痛みを感じていたとしても、大丈夫じゃない、だなんて答えられるはずもない。

「……嫌な夢でも見たのか」

続いた質問に佑季は首を傾げた。

「なんで」

「眠りながら泣いていた」

沖津の親指が佑季の目尻を辿る。心配げに眇められる黒い瞳が、ずっと一緒にいてくれた少年と重なった。

もう心配させないと言ったばかりだ。

「いい夢だったんだ」

佑季が微笑むと、沖津はほっとしたようだった。

「ならいいんだ。顔を洗って来い。今日の朝食は――っ」

ベッドから立ち上がると同時に、沖津が息を詰らせた。

「沖津？」

「なんでもない。怪我が少し、痛んだだけだ」

「昨日、あんなに……」

動いていたくせに、とみなまでは言わなかったが、沖津は続くはずだった言葉を正確に察し、肩を竦めた。

「アドレナリンの分泌《ぶんぴつ》で痛覚が麻痺《まひ》してたんだろう」

「なんだよそれ、馬鹿じゃないのか」

呆れた声で言うと、沖津が眉を顰めた。

「そう言って、最後はお前が強請ったんだろう」

「うっうるさいな！」

佑季は枕を手にとって投げつけるふりをする。さすがに本当に投げつけるほど鬼にはなれなかった。それに沖津の言うことは、本当だ。昨夜の交情は一度では終わらなかった。二度目は沖津が強引に及び、三度目は佑季が誘った。ほんの数時間前のことだ。記憶が鮮明すぎて思い出すだけで叫びたくなる。

「そっちがその気なら俺だって言わせて貰うけど、だいたい、わざわざゴム要求しといて生で挿れるってどういうことだよ！」

「あの時はなにも言わなかっただろう」

「気づかなかったんだよ！」

そんな余裕はなかった。

「俺だって止まらなかったんだ」

平然と言ってのける沖津が憎らしい。

沖津が佑季の中に放ったせいで、中のものを掻き出すというとんでもなく恥ずかしい作業がついてきた。その作業の過程で沖津が二度目に及んだのだ。二度目がなければ三度目など誘いはしなかっただろう、と佑季は沖津に責任を擦り付ける。

「もう当分やらないからな」

ここで素直に沖津が謝るならば許してやらないこともない。そう構えて背を向けるが、謝罪の言葉は追いかけてこなかった。その代わり、長い腕が後ろからぎゅっと佑季を抱き締める。

「昼飯と夕飯のリクエストがあるなら聞いてやる」

どうやら餌《え》付けで機嫌を取る作戦らしい。ずいぶんと姑息《こそく》だ。その上、偉そうな物言いときている。このまま臍《へそ》を曲げたふりを続けようと思ったが、目覚める前に見たばかりの夢を思い出して、やめた。

「……なんでもいい」

くすりと笑って付け足す。

「沖津が作ってくれるなら」

この一ヶ月で、ずいぶん肥えた舌になってしまったと思う。あんなに食べたかった冷凍ピザやカップラーメンに、今はぴくりとも惹かれない。

振り返ると、頤を掴まれ、そっとキスされた。

唇が微かに触れ合うほど近くで沖津が苦笑する。

「戻ってるな、呼び方」

「……いいだろべつに」

雰囲気と快楽にのまれて呼んだ名前を、素で呼ぶのは気恥ずかしすぎる。そんな佑季の内心を汲んだのか分からないが、沖津は「そうだな」と頷いた。

「セックスの時だけ呼ばれるっていうのも悪くない」

「……勝手に言ってろよ」

沖津を残してベッドから立ち上がる。着替えを取り出そうとクローゼットに向かおうとすると、沖津が佑季の腕を掴んだ。

ベッドに座ったままの沖津を怪訝《けげん》な顔で見下ろす。

「なんだよ、早くしないと飯が冷めるだろ」

最後の食事は昨日の朝だ。気が付くとずいぶん空腹だったようで、リビングから漂ってくる味噌汁の香りが気になって仕方がない。けれど、沖津はもっと大事なことだと言わんばかりに真面目な顔をした。

「俺はお前に言われていないんだが」

「なにを」

「お前の気持ちを」

佑季は少し拍子抜けする。

「……言っただろ」

「好きだったって過去形と、片思いじゃないって婉曲《えんきょく》表現は聞いたな」

充分すぎるほど佑季の気持ちは透けている。今さら拘るようなことにも思えなかった。

それに、

「……沖津が言ったんじゃないか。俺が沖津を好きになるって」

それがただの願望だったということは、もう知っているが、叶ったことを、沖津だってとっくに理解しているはずだ。

それなのに、沖津はさらに食い下がる。

「なったのか」

「なってない」

間髪入れずに答えた佑季に、沖津はさすがに目を丸くした。

「おい」

責める視線に佑季は肩を竦める。

好きになどなっていない。だって本当は、ずっと好きだったのだから。そう言ってやればきっと沖津は満足するのだろう。それでも言うつもりはない。

「なぁ、キッチンの奥の部屋さ」

あからさまに変わった話題に、沖津は不満げな顔をしたが、仕方ないとばかりに長い溜息を吐いて頷いた。

「あぁ。カズオミの部屋か」

説明した覚えはなかったが、察しのいい沖津は気がついていたらしい。

ベッドと机と本棚と。その程度しかない簡素な部屋だ。がらんとした本棚には、中学生時代の部誌と、佑季の著書が並んでいる。

佑季の文章のようになりたいと、そう言った少年のために、佑季が揃えていたものだ。

「あの部屋、アンタにやるよ。……たぶん、そうしろってことなんだ」

沖津はじっと佑季を見つめた後、小さく笑った。

「つまり、これからずっと、ここに住んでいいわけだな」

「……仕方ないだろ。自分の生活リズムを人に押し付けるアンタみたいな人間が寮なんて行ったら周りが迷惑だろうからな」

外面のいい沖津が、他所《よそ》でそんなことをするわけがない。分かっていても、そうとしか言えない自分に内心で苦笑する。

「だから、俺が諦めてやるんだ」

「そうだな、お前は諦めて俺にしておけ」

思いのほか真面目に返されて、佑季は瞳を瞬かせた。

苦し紛れの言い訳を本気に受け取られるとは思わなかった。

「……今さらなに言ってるんだよ」

瞬きを繰り返す佑季に、沖津が肩を竦める。

「お前が好きになってないなんて言うからだろう」

なるほど、拗《す》ねていたらしい。分かりづらい男だ。

「だって、なってないし」

「ったく素直じゃないな」

好きだ、なんてそんな言葉ひとつ、今すぐに告げることは簡単だ。けれど佑季は言いたくなかった。簡単に告げて、理解されるとは思えない。この十年間分の想いを。逆に、沖津の想いも、理解できているとは思わなかった。

　これからひとつひとつ、二人で確かめていけばいいのだ。例えば同じ食卓を囲んだり、一緒に買い物をしたり、互いに触れ合ったり、時には喧嘩をしたりして。

　それに好きだと告げたらきっと、沖津はしたり顔をするに違いない。負けた気分になるのはごめんだ。惚れたほうが負けだとしても、今はイーブンのはずなのだから。

「ほら、いい加減に飯にしよう。俺、午後は原稿するし」

　特にどこかに依頼されたわけではない。書いたところで引き取ってくれる出版社があるか分からないし、世間が佑季に求めるような物語ではないかもしれない。けれど、どうしても書きたいものがあった。

　長い話だ。十年分の、長い長い話。

　もう心の安定を図るために原稿に向かう必要はない。

　今ならきっと、今までになく素直に、そのままの佑季を映し出すような文章が書けるだろうと思った。

　そうしてもう一度沖津に、こんな風になりたいと、そう思ってもらえたら幸せだ。

あなたに恋をしたあとで

1

——ばいばい、相葉《あいば》くん。

それが最後の言葉だ。

彼は満足そうな顔をしていた。もう大丈夫だとでも言わんばかりに。


「それでは、失礼します」

携帯電話を切って、佑季《ゆうき》はふっとひとつ、息を吐いた。

窓に凭《もた》れ掛かるようにして、藍色《あいいろ》に染まる空を見上げる。一等星のベガ、デネブ、アルタイルが綺麗《きれい》な三角形を描いている。

夏の暑さはなりを潜め始め、過ごしやすくなってきた。そろそろエアコンも要らなくなるだろう。ことあるごとに「二十七度以下にはするな」と言ってくる、まるで倹約家の主婦のような同居人の小言からも逃れられる。とは言え、それは節約のためではなく、佑季のためを思えばこそのもので、実際のところはそれほど煩《わずら》わしく思っていない。その事実を同居人に告白するつもりはさらさらないが。

携帯電話を弄《もてあそ》んでいると部屋の扉がノックされ、件《くだん》の同居人、沖津和臣《おきつかずおみ》が顔を出した。

「佑季、飯だ」

「……あぁ」

身体《からだ》を窓から起こし扉へと近づくと、ふんわりといい匂《にお》いが漂ってきた。これは卵の香りだ。オムライスあたりかもしれない。

優しい手作りの味がする、温かい食事。沖津と暮らすようになるまでは、佑季にはまったく縁のないものだった。未《いま》だに戸惑うことがある。沖津が佑季のもとにやって来て、もうすぐ一年になるというのに。

あっという間だった。年を経るごとに年月を短く感じるとは言うが、そんな一般的な感覚では推し量れないほど、沖津と再会してからの時間は一瞬で過ぎ去ったように感じる。

去年、どうにかして追い出そうとした沖津は、今は当然のように佑季の隣にいて、そうして、それまでずっと傍《そば》にいてくれた人はいない。

「どうした」

扉の前で立ち止まったままの佑季を沖津が覗《のぞ》き込む。佑季ははっと我に返って、思考を元に戻した。

「……沖津の、」

若干二十七歳にして大企業の営業課長を務める沖津は、ずいぶんと忙しい身の上だ。それでも毎日出来るだけ早く帰ってきて台所に立っている。どうしても遅くなる日のために、冷凍庫には解凍するだけで食べられるおかずが作り置きされている。

沖津の料理の腕はかなりのものだが、趣味ではないらしい。添加物だらけの不味《まず》いものを食べるより、多少手間がかかっても食べつけた味がいいからと、就職する前に母親に習ったのだそうだ。

家族の健康を気遣う、家庭的な料理。沖津の家では、そんな料理が食卓に並ぶのが当たり前だったのだろう。

「沖津の家族は、いい家族なんだろうな」

ぽろりと零《こぼ》れ落ちた言葉に、沖津は眉根《まゆね》を寄せた。

「どうした、突然」

そして佑季の持っていた携帯を見て、すっと目を細くする。

「母親が、なにか言ってきたのか」

あからさまに嫌悪を含んだ声に、佑季は思わず苦笑してしまった。

「そうじゃない」

高校を出るまで同じ屋根の下に暮らした母親とは、金銭を送るだけの関係だ。連絡は、全く取っていない。佑季の携帯電話にはまだ母親の番号は残っているが、おそらく逆はないだろう。

元より二人の間に血のつながりはなく、母子の情などというものは端《はな》から介在していなかった。それでも佑季にとっては、唯一の身内だった。父親は、生きているのかさえ分からない。

「家族愛を題材に、群像劇を書いてみないかって言われたんだ」

電話の相手は、佑季がデビューした頃からの付き合いになる編集者、井上《いのうえ》だった。彼はひどく面倒見のいい男で、佑季は自分が育てると編集長に豪語し、それからずっと担当してくれている。

そして先ほど、新しく雑誌を創刊するにあたって、佑季に連載の話を持ちかけてきたのだ。

その内容が——

「家族愛、か」

沖津が後を継いだ。

二週間前、佑季の書いた恋愛小説が出版された。

それは、佑季が沖津と再会してから初めて、きちんと自分の中の気持ちと向き合って書いた物語だった。

それまでとは全く異なる作風で、世間に受け入れられるかは賭《か》けだった。不安がなかったわけではないが、沖津が傍にいてくれたことが力になった。誰に拒否されてもいい。沖津がいれば大丈夫だと、そう吹っ切れると肩の力を抜くことが出来た。

結果、その本は発売と同時に飛ぶように売れた。初版が三日で売り切れたときは、さすがに夢かと疑ったものだ。

それで気を良くしたのは出版社だ。他のジャンルも書かせてみたらどうかと、会議で話題になったらしい。井上はかなり乗り気だった。

「でもさ、俺、よく分からないから。家族とか、そういうの」

いわゆる一般的な家庭とは似ても似つかない環境で育った。『家族愛』なんてものは、佑季にとって描くどころか、想像することさえ困難だ。

「沖津のところは、ご両親と」

「兄と妹だな。二人とも結婚して都内で暮らしている」

「仲はいい？」

「悪くはない」

そうか、と佑季は頷《うなず》いて黙り込んだ。

電話で井上から依頼内容を聞きながら、思い浮かばなかった相手がいないわけではない。ずっと佑季のそばにいて、支え続けてくれた相手。十年間、隣にいてくれた人。

カズオミ。

彼は佑季にとって恋人であり、友人であり、そして家族だった。けれど、それは佑季が望んだからこそだ。愛して欲しいと望み、愛してくれる存在を欲した。そんなカズオミが唯一の身内と言えた自分には、井上が求めるような家族の話が描けるとは思えない。

ぽん、と頭を軽く叩《たた》かれて佑季は俯《うつむ》きかけていた顔を上げた。憮然《ぶぜん》としたように見える表情からは分かりにくいが、視線には気遣いと優しさが含まれている。心配させてしまったようだ。

「ごめん、変な話した」

沖津の横を通り過ぎようとすると、ぐっと強い力で腕を掴まれた。驚いて目を瞬《またた》かせている間に抱き寄せられる。

「沖津?」

沖津はなにも言わない。それでも彼の考えていることは、なんとなく察しがつく。きっと自分がなにか言っても下手な慰めにしかならないと思っているに違いない。そしてそれは間違っていない。幸せな家庭で育った沖津になにを言われたところで、きっと佑季は素直に受け止めることが出来ないだろう。自分が家族だ、などと言われでもしたら腹が立って仕方ないに違いない。そういう佑季の気持ちを、沖津はきっと見抜いているのだ。

「……ごめん」

佑季の謝罪に、ふっと沖津が笑った。

「謝るな。お前はなにも悪くない」

佑季の肩を抱きしめる沖津の大きな手に力が籠《こ》もる。ふいに涙が出そうになった。誤魔化《ごまか》すために、軽口を叩いてみる。

「飯が冷めるんじゃないか。温かいうちに食えって、いつも俺に言うくせに」

けれど沖津の腕から力が抜けることはなかった。

「優先順位の問題だ」

「なんだよ、それ」

「今はこっちの方が大事だろう」

低い声が優しい。

「お前はもっと甘えろ」

「……そんなの」

それこそ、家族でもないのに。

喉《のど》の奥がじわりと熱くなり、佑季は沖津のシャツをぎゅっと握り締めた。

「沖津」

「なんだ」

耳元の低い声に安堵《あんど》する。

「アンタがいて、よかった」

「……馬鹿《ばか》だな」

優しく頭を撫《な》でられて、佑季はゆっくりと目を瞑《つむ》った。

百点満点の人間など存在しない。誰でもなにかしら、欠けた部分があるものだ。それが佑季にとっては家族であっただけで、自分にはどうしようもないことだ。それでも、やるせなくなった。

ただ沖津の温もりだけが、佑季を慰めてくれる。

「アンタだけが、いればいい」

佑季の呟《つぶや》きに、沖津は複雑そうな顔で笑った。


カントリー風の音楽がかかっている店内に客は三組しかいない。カウンターでは白い髭《ひげ》を生やしたマスターがグラスを磨いている。ずいぶんレトロな喫茶店だが、いい店だ。そう言うと、井上は口笛でも吹きださんばかりの上機嫌さで頷いた。

「そうでしょう。会社の引越しって面倒で本当に嫌だったんですけどねぇ。ここを見つけたのでチャラになりましたよ」

佑季のデビュー元であり井上の働く出版社は、拡大により先日オフィスを移したばかりだ。先ほど佑季も挨拶《あいさつ》がてらにちらりと覗いたが、以前の常に煙草《たばこ》の煙で曇っていた猥雑《わいざつ》なオフィスとは異なり、まるで一流の外資系企業のオフィスのようだった。

「相葉先生はこの辺、あんまり来たことないんじゃないですか。帰りにうろうろしてみるといいですよ。一見ただのオフィス街ですけど、一本入ると変わった店があって面白いんです」

それほど気乗りはしなかったが、一応笑顔で頷いておく。

香りの濃い紅茶を愉《たの》しむ佑季の向かいで、井上が「それにしても」と煙草の先を灰皿で潰しながら溜息《ためいき》を吐いた。

「僕はいいと思ったんですけどねぇ。相葉先生の描くホームドラマ」

眼鏡《めがね》の奥の細い目が、さらに細くなって一本の糸のようだ。

「すみません。他に書けそうな話もあるしと思って」

「まぁ、うちで書いてくれるなら文句は言えませんけど」

そう言いつつも、明らかに不満げな顔で新しい煙草に火を点《つ》ける。

井上はいつ会っても顔色が悪く、目の下には隈《くま》がある。今日も例に漏《も》れず、気の毒なほどやつれて見えた。

この顔でお願いしますと言われると首を縦に振ってしまいそうになるが、書けないものは、書けないのだから仕方がない。それでも仕事だからと、一週間考えたのだ。今までの自分の人生を省《かえり》みて、井上たちが期待する温かな家族の話を書けるか否か。

無理だと思った。自分には、誰かの心を温めるような家族の話は書けない。父親は論外な上に母親との関係は全く参考にならない。カズオミとのことも、純粋に家族を描くには色んな感情が入り乱れすぎていて、どう描けばいいのか分からない。

どう考えても佑季には不向きな話だった。

「今回は諦《あきら》めます」

そう言って井上は頷いた。佑季はほっと胸を撫で下ろす。

井上のこういう切り替えの早さに、今まで幾度も助けられてきた。

しばらく二人で向き合って次の作品の話をまとめた後、休憩を兼ねてもう少しゆっくりしていくと言う井上を残して佑季は喫茶店を後にした。

サラリーマンが闊歩《かっぽ》する平日のオフィス街を歩く。昼を過ぎたばかりの中途半端な時間だということもあって、人通りはそれほど多くない。

こんな場所では自分を知っている人間もそうはいないだろうと、目深に被《かぶ》っていた帽子をくいと持ち上げた。

ふと、通りかかったビルの一階に入っている本屋が目に入った。ガラス張りになっていて、中の様子が見える。立ち読みをするＯＬ、漫画雑誌を手にしたサラリーマン、書棚を整理している店員。

和やかな店内を眺めながら通り過ぎようとしていた佑季の足が、ぴたりと止まった。

「……えっ」

ふらふらとガラスに近づく。向かいで雑誌を物色していた若者が怪訝《けげん》な顔をしたが、佑季の目には入らなかった。

佑季が釘《くぎ》付けになったのは、その若者の向こうだ。決してこんな場所にいるはずのない人物が、そこにいた。

「……カズ、オミ？」

黒目がちの瞳《ひとみ》、優しい笑顔。誰かと言葉を交わしている。佑季にしか向けられるはずのなかった笑顔が、違う誰かへ向いている。

違う、カズオミは消えたはずだ。

――ばいばい、相葉くん。

あれが最後だ。もう決して会えるはずはない。

けれどもし会えるなら、言いたいことは山ほどあった。謝罪の言葉も感謝の言葉も、なにも伝えられないままに消えてしまったカズオミ。カズオミがいたから佑季は、自分の沖津への感情を受け入れられたのだ。

「カズ、オミ」

ガラス伝いに歩き出す。

歩き出した足が駆け出しそうになった時、ふいに携帯が鳴った。着信の相手は、先程分かれたばかりの井上だ。

『すみません、打ち合わせで確認し忘れたことがあって。スケジュールの件なんですけど』

訊《き》かれたことに機械的に答えながら、視線を本屋の中に戻す。けれどどこを見ても、目的の姿は見当たらなかった。

『相葉先生？』

ぼんやりとした佑季の声に違和感を覚えたのか、井上が訝《いぶか》しむ。

「……あ、いえ。なんでもないです、大丈夫です」

見間違いだったのだろうか。

電話を切ってからも佑季は、しばらくその場から動くことができなかった。けれど、そうして留まってみたところで、カズオミがもう一度現われることはなく、中の客に奇妙な目で見られ始めてやっと、佑季は帰途についた。

「あら、相葉さん。お帰りなさい」

マンションに辿《たど》り着きエレベータから降りると、隣人の野口《のぐち》がちょうど玄関から出てきたところだった。小さなハンドバックをひとつ手にしている。買い物にでも行くのかもしれない。

「なんだか幽霊でも見たような顔してるわよ」

「なんでもありません。気にしないで下さい」

「そう言って、結構一人で無理しちゃうんでしょう？　見かけたら気にかけてやって下さいって、沖津さんにも言われてるのよ」

持ち前の外面《そとづら》の良さで、沖津は周囲に対してずいぶん溶け込んでいる。この野口をはじめ、コンシェルジュカウンターのスタッフ、エントランスの警備員、別の階に住む子供と話していたこともある。佑季にはない社交性だ。

それにしても、自分の知らないところで隣人になにを頼んでいるのか。そもそも人に頼むくらいなら自分が気にかければいいのに。

そんな八つ当たりめいたことを考えていると、野口が「あっ」と手を打った。

「そう言えば、沖津さんか相葉さんに言っておかなくちゃって思ってたんだけどね、最近この辺りに、変な女がいるんですって」

「変な女、ですか？」

抽象的すぎる言葉に、佑季は首を傾げる。

「マンションの前をうろうろして、誰かが声をかけると逃げちゃうとかって……もしかして相葉さんのファンなんじゃないかしらって思ったんだけど」

「……そうかもしれません」

二年前にストーカー被害を受けてから、周囲にはかなり気をつけるようになった。それでも住所などを完璧に隠し通すことは出来ない。金を払ってプロに調べさせれば一発だろう。

執拗《しつよう》だったストーカーを思い出して、一瞬、ぞわりと嫌悪感が肌を伝った。

「気をつけてね」

「ありがとうございます」

去っていく野口に頭を下げて見送り、佑季は自分の部屋へと向かった。

二年前のことは今でもかなりのトラウマだ。かつての恐怖を連想させる女の話は、気持ち悪くないと言えば嘘《うそ》になる。とは言え、まだ野口の言っていた女の目的が佑季だと決まったわけではない。今はそれよりも、もっと気になることがあった。

カズオミだ。

自分がカズオミを見間違えるはずがない。けれど、カズオミがあんな場所にいるはずもない。

ただの錯覚だったのだろうか。

そうであればいいと思う。同時に、そうでなければいいとも思う。煮え切らない自分の思考に苛立《いらだ》って、乱暴に靴を脱ぎながらシャツのポケットをまさぐった。

取り出したのはシガーケースだ。最近は仕事の時ぐらいしか吸わないが、今は無性《むしょう》にニコチンが恋しい。

ライターを取り出したところで、ふいにメールの着信音が鳴る。

相手は沖津だった。急用ができて帰りが遅くなるというメールだった。きちんと夕飯を食べること、何時になるか分からないから先に寝ていること、などと、まるで子供に言い聞かせるような追伸までついていて、思わず笑ってしまった。

カズオミがいなくなってからこちら、自分をここまで気にする人間は、沖津くらいなものだ。父親にも母親にも愛されなかったような人間だ。親友の牧村《まきむら》とて気にかけてはくれるが、やはりそこには微妙な距離がある。それは佑季を気遣っての距離でもあるのだが。

無性に、沖津に会いたくなった。会って、抱きしめて欲しい。

もっと甘えろと、沖津は言った。

今、ここですぐに帰ってきて欲しいとメールしたら、沖津はどうするだろうか。仕事も予定も全部放り投げて帰ってくるだろうか。

「……馬鹿だな」

そんなことをしてなんになるというのか。一瞬は気が晴れるかもしれないが、きっと後悔するだろう。

それに沖津が佑季を優先してくれる保証もない。社会人なのだ。仕事が第一で構わない。分かっていても、優先されなかったらきっと傷ついてしまう。そんな自分が嫌だった。

一人で夕食を取った後、佑季は仕方がなく現実逃避するようにパソコンに向かった。文章を書けるような気分ではなかったが、ちょうど今の精神状態にはお誂《あつら》え向きな仕事が来ている。映画雑誌用のエッセイだ。なぜ自分にこんな仕事が来たのか分からないが、新しくリリースされた映画を見て好きに感想を書くという仕事だった。

壁時計は十時を指そうとしていたが、沖津はまだ帰ってこなかった。

帰りが遅くなるのはそれほど珍しいことではなかったが、何時頃になるという補足がついていなかったのは初めてだ。

会いたいと思えば思うほど、時間の経過が遅い。正確に時を刻む時計の針さえ、憎たらしく思えてきた。

佑季はパソコンにディスクを差し込むと、煙草に火をつけ、椅子《いす》に深く腰掛けた。

始まったのは有名監督が手がけたアクション映画だ。普段決して自分で選ぶことのないだろう種類の話は、それでも良く出来ていると感心せざるをえなかった。好みであるかないかは置いておくにしても、脚本も演出も一流だ。

エンドロールが流れ始めた頃、部屋の扉がノックされた。

「起きていたのか」

現われた沖津は、パソコンの横に置いてある灰皿に眉を顰《ひそ》めた。

「お前、またそんなに吸ったのか」

意識していなかったが、映画を見ながら何度かシガーケースに手を伸ばした気がする。灰皿には何本もの吸殻《すいがら》が溜《た》まっていた。

沖津は部屋に入ってくると、佑季の指に挟まっていた煙草を抜き取り、灰皿に押し付けた。

「……なにかあったのか」

「なにかって？」

「そんなことまで分かれば、わざわざ訊きはしない」

沖津は佑季の腕を掴んでリビングに連れて行き、無理やりソファに座らせた。自分はキッチンに向かうと、お湯を沸かしてコーヒーを淹《い》れ始める。香ばしい香りが鼻腔《びこう》を擽《くすぐ》る。

やがて沖津は両手にカップを持って戻ってきた。差し出されたカップにはミルクたっぷりのコーヒーが注がれている。それは去年の事故以来、佑季が疲れている時や参っている時に、沖津が必ず淹れてくれるものだ。

受け取った佑季はゆっくりとカップに口を付ける。

「……うまい」

思わず佑季の口から零れた呟きに、沖津は小さく笑ってソファに並ぶようにして腰掛けた。自分のコーヒーを飲みながら、開いた片手で佑季の頭を撫でる。

「ずいぶん遅かったな」

「……あぁ、急に人と会うことになったんだ」

沖津の答えに妙な間があった。

「誰と」

なんでもないことのように訊いてみたつもりだったが、内心になにか引っかかるものがあったせいか、問い詰めるような響きになってしまった。

「まぁ、仕事相手みたいなものだ」

沖津がこんな曖昧《あいまい》な言い方をするのは珍しい。

みたいってなんだよ、と尋ねる言葉が喉まで出掛かり、佑季は既《すん》ででコーヒーと一緒に嚥下《えんか》した。会った相手をいちいち気にするなんて、束縛しているようで憚《はばか》られる。

流れた沈黙を気まずく感じ、佑季は視線をさまよわせた。沖津も同じように感じたのかもしれない。どことなくぎこちない。

佑季に言いたくない類《たぐい》の話であることは明らかだった。こんな風に隠し事をされるのは初めてだ。

「お前こそ、なにがあった」

問われて、佑季は首を振った。

この雰囲気で自分だけ全てを話す気にはなれない。

それに考えれば考えるほど、他愛《たあい》のないことだった。

ただ、カズオミを見かけた気がする。それだけのこと。

「ちょっと、……調子が悪かっただけだ。今日、外で仕事の話をしてきて、それで」

「例の、雑誌連載の話か」

まぁね、と適当に相槌《あいづち》を打って佑季は話を変えた。


沖津の帰りは、日を増すごとに遅くなった。

確かに沖津は忙しい身の上だが、こんな風に毎晩と言っていいほど帰りが遅くなることはあまりなかった。春は繁忙《はんぼう》期らしく、その時も今のように帰りの遅い日が続いたが、心配する佑季に「今の時期だけだから大丈夫だ」と笑っていた。

「……嘘つき」

無意識のうちに言葉が漏れて、はっと我に返る。

佑季はパソコンから顔を上げると上半身を思い切り伸ばし、大きな溜息をついた。休憩を入れないと、目が痛い。いつの間にか外も暗く、時計を見ると七時を回っていた。

首を回したり腕を伸ばしたりと、凝り固まった関節を解しながら書斎を出ると、インターフォンが鳴った。こんな時間に誰かと画面を覗く。

「……牧村!?」

映っていた友人の姿に、佑季は慌てて通話ボタンを押した。

『突然ごめんね～。遊びに来ちゃった』

「いや、いいけど」

答えながら、佑季は驚いていた。

牧村とは高校時代から気の置けない友人ではあるが、こんな風に連絡もなしに訪ねて来られるのは初めてのことだった。

そもそも会うにしてもほとんど外で飲むか食べるかするだけで、特に自分が沖津と同居し始めてからは一度も、牧村がここに足を運んだことはなかった。

『とりあえず、上げてよ。一人だよね？』

言われるままにオートロックを解除する。少しして部屋の前まで上がってきた牧村を、佑季は戸惑いを捨てきれないままに迎えた。

「あ〜、この部屋懐かしいなぁ。とは言っても、来たことあるのなんて数回だけど」

それもまだカズオミがいた頃だった。

「最近会えてなかったから久しぶりだね。前に飲んだの、いつだっけ？　先月？」

「そうだったな」

電話やメールのやり取りはあったが、直接会ってからは確かに一月ほど経っている。

「沖津さんと暮らし始めてから相葉、僕に全然かまってくれないもんねぇ」

「そんなことない！」

思わず強い口調で否定してしまったのは、牧村が大事な親友だからだ。佑季の唯一の友人と言ってもいい。

「ごめん、ごめん。からかっただけだよ」

牧村はどことなく嬉しそうに笑った。

「そう言えば新刊読んだよ。延々惚気《のろけ》読んでる気分になっちゃったよ」

惚気、という言葉を否定するつもりはなかった。話の内容は男女の恋愛だが、主人公の行き着いた答えについては丸々私小説のようなものだ。

「つまらなかったか？」

「まさか！　面白かったよ、すごく」

牧村はリビングの椅子に腰を下ろすと、佑季を見上げて意味深に笑った。

「なんで突然来たんだって顔してる」

佑季は素直に頷いた。

「驚いた。連絡くれればよかったのに」

「今日、たまたま早く帰れたからさ。沖津さんの言葉思い出して」

「沖津の言葉？」

なぜここに沖津が出てくるのだろう。

佑季を挟んで会うことはあっても、二人は友人などという距離ではない。お互い、妙に警戒している節さえあったはずだ。

「ちょっと前に沖津さんが別件で連絡してきたんだ。それは別に大したことなかったんだけどさ。その時に言われたんだよね。自分はこれからちょっと忙しくなるから、もしよかったら会いに行ってやってくれって」

牧村が大仰に肩を竦《すく》める。

「びっくりしたよ～。いいんですか？　って十回ぐらい確認したね。そしたら、仕方ないだろうとか言ってたけど。沖津さんも心が広いんだか狭いんだか」

呆《あき》れながらも、牧村はどことなく楽しそうだ。口調には親しみさえ込められている。

不快、とまでは言わない。けれど、心の片隅に形容しがたいしこりのようなものを感じた。

沖津からは聞いていない。どんな用事があって牧村に連絡したのか。それどころか、連絡していたことさえも。

一瞬、しんと沈黙が落ちた。

「えっと……なにか、飲むか」

なにも出していないことに気がついて、キッチンに向かう。紅茶とコーヒーと迷って、牧村が緑茶を好んでいたことを思い出し、棚から茶葉を取り出した。

少し濃い目の緑茶を湯飲みに注いで持っていくと、牧村は嬉しそうに受け取った。

「ありがとう」

「……いや」

牧村の向かいに腰掛けて、自分の湯飲みに口をつける。飲みつけない味に自然と眉が寄ったが、牧村は美味《おい》しそうに啜《すす》っていた。

「で、相葉はなんでそんなに暗いの？」

「……暗いか？」

「暗いっていうか、ちょっと落ち込んでる？」

さすがだ。仕事柄もあるだろうが、相変わらずよく見ている。

「沖津さんが構ってくれないから拗《す》ねてるの？」

「違う！」

反射的に否定して後悔した。こんな態度では肯定しているに等しい。

「違う。ただ、……なんとなく、最近ちょっと、遠いなって思うことがあるだけで」

隠し事をされても、知らない間に誰と仲良くなっても、それはきっと普通のことだ。そんなことで寂しくなる方が間違っている。

牧村は「そっか」と頷いて、緑茶を啜った。

「相葉も俗世に染まったよねぇ」

「なんだよ、それ」

「だって昔は、隠居老人みたいだったもん」

ひどい言われようだ。

「悪いことじゃないと思うよ。作家としての幅も広がるだろうしね」

牧村は、それ以上沖津についてなにも言わなかった。

近況を報告し合い、湯飲みが空《から》になると、二杯目に首を振って牧村は立ち上がった。

「帰るよ」

「もう？」

一時間ほどしか話していない。久しぶりだからか、名残惜《なごり》しいという気持ちが強い。

「また改めて来るよ。今日は、本当に顔を見に来ただけだから。相葉一人のところにあんまり長居すると、沖津さんに恨まれそうだしね」

「恨むって……」

「自分で会ってくれとか言うくせに、僕が踏み込みすぎると嫉妬《しっと》バリバリだから。あの人はいい男かもしれないけど、本当にタチが悪いよ」

牧村は困ったように眉を寄せた。そのまま背を向けて玄関まで行ってしまう。佑季は慌てて後を追った。

靴を履いて振り向いた牧村は、佑季の肩を軽く叩く。

「相葉のこと誰より想ってるのは、沖津さんだから。あんまり心配かけちゃだめだよ」

「ずいぶん、沖津の肩を持つな」

あからさまに不満げな声になってしまったが、隠すつもりはなかった。

「僕は相葉の親友だからね」

「なら、」

どうしてと尋ねる前に、「だから」と牧村が佑季の言葉を遮る。

「親友だから、沖津さんの味方になろうって決めたんだよ」

「……よく分からない」

佑季の呟きに、牧村は苦笑した。

「今度、また飲みに行こうよ。沖津さんも一緒にさ」

牧村は、いつの間にか本当に沖津が気に入ったらしい。それだけは確かだ。

牧村を見送ってからリビングに戻ると、佑季は空になった湯飲みを片付ける気も起きずに、そのままソファに横たわった。

その日、沖津が帰ってきたのは、またも日を超えてからだった。

2

太陽が目に眩《まぶ》しい。夏の茹《う》だるような暑さはすでに通り過ぎ、完全に秋に入ったが、それでも日ごろ家に籠もっている佑季にしてみれば、日光はなかなかの強敵だ。

編集部のビルを出た佑季は、街路樹の木陰《こかげ》を選んで駅に向かって歩き始めた。

井上に、短編の草案を渡してきたばかりだ。データで構わないと言われていたにも拘《かか》わらず、自分でここまで来た。ひとつは外に出たい気分だったからだ。そして、

「……ふぅ」

佑季は小さく息を吐いた。

そして、もうひとつの理由は、目の前にあるなんの変哲もない本屋だ。

ここで見たカズオミのことが、気にかかっていた。十中八九見間違いだ。分かっていてもなぜか気になった。カズオミに、会えるものならもう一度会いたいと、どこかで思っているからかもしれない。

ガラス張りの本屋、その中をじっと見つめる。なにもなければそれでいい。すっぱり忘れて、家に戻る。そう決めていた。

店の中に入ろうかと迷っている佑季の後ろに、すっと人影が立った。

「あの、すみません」

恐る恐るといった様子の声音に話しかけられて、佑季は振り返る。

「――っ」

息が、止まりかけた。

「……カズ、オミ」

蚊《か》の鳴くような、声にならない声が喉から漏れる。

そこにはカズオミが立っていた。

「あぁ、やっぱり！　あの、相葉佑季先生ですよね？」

いや、違う。目線が佑季と同じ位置にある。それに相手は大人の男だった。もちろん、カズオミがいつも身に着けていた学ランなど来ているはずもなく、品のいいシャツを着こなしている。佑季と同年代に見えた。

カズオミではない。顔はもちろんだが、雰囲気がそっくりなのだ。きっとカズオミがあのまま素直に成長したなら、こんな風になったのだろうというような男だった。沖津よりもよほど面影《おもかげ》がある。

男は穏やかな笑みを浮かべながら話し続ける。

「ファンなんです。よかったら、握手してもらっていいですか？」

言葉が出ない。ひたすらに瞬きを繰り返していると、男ははっと気が付いたように息を呑み、手を引いてから「すみません」と頭を下げた。

「突然こんな風に話しかけてしまって。ご迷惑だったでしょうか？」

「あ……いえ、そんなことは」

「僕、この書店で働いている、沖津春臣《はるおみ》と言います」

佑季は再び瞠目《どうもく》する。

春臣と名乗った男をじっと見つめて、まるでスポンジが水を吸うようにじわじわと理解した。

いくら事実は小説より奇《き》なりといったところで、こんな偶然がありえるだろうか。

この男は、おそらく沖津の家族だ。都内に住んでいると言っていた、兄だろう。

「あの、どうかしましたか？」

――どうかしたの？

佑季を覗き込む春臣にカズオミが重なった。

そうだったのかと、安堵のような落胆のような、不思議な感情が胸に広がった。

先日佑季が見たカズオミは、この人だったのだ。

もうカズオミはいない。そんな当たり前のことを、再び思い知ったような気がする。

それにしても、偶然にしては出来過ぎている。カズオミが引き合わせてくれたのではないか、そんな空想めいたことを考えて、佑季は密《ひそ》かに苦笑した。

不自然だっただろう佑季の態度に理由をしつこく尋ねることも眉を顰めることもなく、春臣は再びにこりと笑う。

「もしよかったら店に寄って行きませんか。僕、ちょうど先週、相葉先生のコーナー作ったんです。見ていただけたら嬉しいです」

佑季は迷った末に、頷いた。

春臣に連れられて店へと入る。店内にそれほど客はいなかったが、念のためと帽子を深く被り直す。人目を避けるように春臣の後についていくと、書店のエプロンをした女性が「あれ」と声を上げた。

「副店長。今日お休みですよね？」

春臣が頭を掻《か》いて頷く。

「うん。でも家内《かない》が子供連れて実家に帰っててさ。暇だったから様子見に来ちゃった。ついでにすごいお客様を、」

「お、沖津さん」

あまり話を大きくして欲しくない。春臣の服の袖《そで》を引くと、春臣は了解したとばかりに頷いた。

「ごめん、なんでもない。じゃあ、僕はちょっと見回ってくるから」

女性店員に背を向け、ハードカバーの並ぶ本棚へ向かう。新刊が並ぶ横に大きな手作りポップの飾られたコーナーがあった。半月前に発売された佑季の恋愛小説と、それまでに出版された本が綺麗に並んでいる。

コーナーの前にいた、太ったサラリーマンが振り返って目を瞬かせた。

「あれ、相葉先生じゃないっすか！」

「……あ」

確か、井上と同じ出版社の社員だ。とはいえ、作家を直接担当する井上とは違い、営業として日々外を駆けずり回っているため、ほとんど顔を合わせたことはない。挨拶ぐらいはしただろうが、名刺を交換したかさえ記憶になかった。けれど薄情な佑季とは違い、男は親しげな笑みを浮かべた。

「井上にでも会いに来たんですか？」

「え、えぇ」

「井上が残念がってたでしょう。雑誌の件。やっぱりカラーを考えるとホームドラマ的なテイストが欲しいって」

すでに決着がついたと思っていた話を蒸し返されて、佑季は表情を硬くする。

「俺も読んでみたいなぁ。ほら、小さい頃の思い出とか題材にして、なんとかなりませんか」

小さい頃の思い出。そんなものはない。いや、あるが、井上たちが期待するような思い出はない。ただひたすら、母親の存在に怯《おび》え、過ごした毎日など、思い出したくもなかった。

「せっかく新刊の売れ行きもいいし、ここで相葉先生の新境地をさらに、」

「篠原《しのはら》さん」

ふいに柔らかい、けれど有無を言わせぬ声が男の言葉を遮った。篠原という名前だったのかと、佑季は改めて脳に男の顔と名前を書き込む。

「そういえば店長のところにはもう行かれましたか？　確か来月のフェア用の本を増やしたいとか言ってましたよ」

春臣の言葉に横に広い顔がぱっと表情を輝かせる。

「まじっすか！　いやぁ、一回りしてから挨拶に伺おうと思ってたんですけどね。さっそく行ってきます！」

大きな体がのそのそと動きだし、レジの奥へと向かった。大きな背中を見送りながら、佑季はほっと息を吐いた。

「相葉先生」

呼ばれて視線を上げると、穏やかな春臣の顔があった。黒い瞳は優しく、全てを承知しているかのように見えた。もちろん、そんなのは佑季の都合のいい錯覚だ。カズオミに似ているせいでそう見えるだけで、春臣は別人なのだから。

「相葉先生。ちょっとお時間ありませんか」

「時間ですか？」

「よかったらどこかでお茶でもいかがですか」

こんな誘い、普段なら絶対に受けない。

沖津のようにとまでは言わないまでも、外面を装うことは得意だ。けれどそれほど長続きはしないし、あまりにストレスが溜まる。初対面の人間とお茶を飲むなど、可能な限り全力で避けたいシチュエーションだった。にも拘わらず、佑季は自分でも意識しないうちにゆっくりと首を縦に振っていた。

春臣が案内してくれたのは小洒落《こじゃれ》たカフェレストランだった。

良く晴れてそよ風が心地よいせいかテラス席を勧められたが、春臣は一番奥の目立たない席を指定した。自分を気遣ってくれたのだろう。

二人で揃《そろ》ってコーヒーを頼む。運ばれてきたコーヒーにミルクを入れていると、春臣の視線を感じて、佑季は顔を上げた。

「なにか？」

「いえ。なんだか意外だったので。偏見ですけど、作家さんてブラックをがぶがぶ飲んでそうなイメージで」

確かに偏ったイメージだ。けれど佑季に限って言えば、あながち間違いでもないイメージだった。少し前までは。

「同居人がうるさいんです。下手をすると三分の一ぐらいミルクの時もありますよ」

「先生の身体を心配されてるんですね」

あなたの弟ですが、と付け足すこともできず、曖昧に笑う。春臣の反応を見れば、沖津が自分と一緒に暮らしていることを話していないのは明らかだ。

佑季の複雑な心中など知らぬ様子で、春臣は微笑《ほほえ》んだ。

「良かったです。一緒に暮らしている方がいて」

意味が分からず佑季が首をかしげると、春臣はコーヒーを一口嚥下してから穏やかな口調で続けた。

「先ほど篠原さんと話していた時、ずいぶんと顔が強張《こわば》っていたので……失礼ながらもしかしてご家族がいらっしゃらないのかと思いました」

なるほど、それで割って入ってくれたのだ。察しの良さに驚く。沖津の鋭さは血なのかもしれない。

「正直に言うと、そうですね。俺には家族というものがよく分かりません」

春臣が首をかしげた。

「けれど、一緒に暮らしている方がいらっしゃるんですよね」

春臣の薬指には指輪が光っている。

そうだ、例えば他人でも、夫婦であれば家族なのだろう。

「まぁ。色々……すみません」

上手く説明できずに頭を下げると、春臣はいえいえと手を振った。

「こちらこそ、プライベートなことをすみません」

そして明るい声でするりと話を変えてしまう。

「それにしても、こんな風にあなたと話していると知ったら、きっと弟が悔しがります」

動揺してカップを持つ手が微《かす》かに震えた。

「お、弟さんが、ですか」

「ええ。僕が先生の本を読むようになったのは弟が切っ掛けなんです。弟はデビュー作からずっとあなたのことを追いかけていて、それはもう雑誌の小さな記事でも見逃さない勢いで」

そこで春臣はまるで秘密を告げるように声を潜める。

「まるで恋でもしているようでした」

「えっと、それは……」

間違っていないのだろう。沖津がかつて告白したことを信じるなら、おそらく。

「弟が東京に出てくると言いだした時、馬鹿な話なんですが、僕は一瞬あなたに会うためなんじゃないかと思いました。もちろん、本人はそこまで酔狂《すいきょう》じゃないと笑っていましたけど」

「そう、ですか」

せっかくいい香りのコーヒーを飲んでいるのに、あまり味が分からない。

これは自分が知らん顔をして聞いていてもいい話なのだろうか。けれど、沖津の話ならば聞きたい。佑季が知らない、家族しか知らない沖津の話を聞きたい。

卑怯《ひきょう》と知りつつ、佑季は尋ねた。

「似ていらっしゃるんですか」

「弟と僕がですか？　全然ですよ。背なんか僕よりずっと高いし、兄の僕が言うのもおかしいですけど、弟はすごくかっこいいんです」

春臣は少し自慢げで、そして楽しそうだ。もともと常に笑みを浮かべているようだが、沖津の話をしていると一層にこやかに見える。

「昔はねぇ、そっくりだったんですよ。でも中学を卒業したぐらいからかな。どんどん変わって……僕はちょっと心配でした。無理をしているように見えて」

無理をさせたのは佑季だ。自分の発言が沖津を百八十度変えてしまった。自覚があるだけに、春臣の言葉には胸が痛んだ。

佑季は沖津の変わっていく様を見てはいない。春臣たち家族の困惑も心配も、想像するだけで決して理解はしきれないだろう。

「変わらない方がよかったですか」

躊躇《ためら》いながら聞いた佑季に対して、春臣はあっさりと首を横に振った。

「いいえ。根本的なところは変わってませんから。すごく優しい子なんです」

確かに、優しい。沖津の優しさに自分は何度救われただろう。気弱な少年だった頃も、一見傲岸不遜《ごうがんふそん》なように見える今も、それは変わらない。

「それに、ここ一年ぐらいで無駄な肩の力が抜けたというか……いい顔をするようになったんです。今は、必要なことだったんだと思っています。妹なんか、今の方がいいって言ってるくらいですよ」

佑季は機械的に相槌を打った。水を向けたのは自分だが、春臣の話は終わりそうにない。よっぽど自慢の弟なのだろう。

「盆に実家で集まった時、一緒に暮らしてる人がいるからいつか紹介したいって言ってたんです。こっちでいい人と出会ったんだと思って安心しました」

その相手が佑季だと、男だと知っても、春臣は笑っていられるだろうか。春臣だけではない、沖津を慕う妹も、そして両親も。

その後も沖津家の話を聞き続け、結局二人は二杯目のコーヒーも頼んだ。

色々なことを聞いた。沖津が本好きになったのは、春臣の影響だということ。家族仲が良く、昔は一年に一度、家族旅行に行っていたこと。兄弟がそろってこちらに上京してきているのに、滅多に会えず、妹が愚痴を言っていること。

どれもありふれた、けれど幸せな話だ。

春臣の話を聞いていて、佑季の脳裏《のうり》にひとつの思い出が蘇《よみがえ》った。

幼い頃、一度だけ母親がケーキを片手に帰ってきた。仕事先で貰ったという、上等な部類のケーキだった。

「美味しい？」

佑季が頷くと、母親は微かに唇の端を上げた。それは本当に微かで、笑ったのかそうでないのかさえ分からなかったが、珍しく穏やかな表情だった。

「あなたのお父さんも、甘いものが好きだったわねぇ」

そう言うとすっと窓の外を見上げた。

空は曇っていて、星ひとつ輝いてはいなかった。白っぽく細長い月だけが、頼りなさそうに鈍く光っていた。

「……本当に、好きだったわね」

ひどく、寂しそうな顔だった。

母親のそんな顔を見たのは、後にも先にもその一度だけだ。

その後、母親はいつもの調子に戻り、ヒステリックに泣いた後、佑季を打った。貴方のせいだと繰り返し、父親にそっくりだという顔を。

けれど、たった一度だけ見たあの寂しそうな表情は、今でも忘れられない。

あの時、佑季がなにか言っていれば変わっただろうか。自分が思っていること、考えていること。佑季は一度も、彼女に話したことがなかった。そしてそのまま、彼女を恨んだ。心底、嫌った。

沖津の家のように円満で幸せな家族とまでは言わずとも、もっと別の形で自分達母子も関わりあえたはずだ。そう思わずにはいられなかった。

ずっと恨み、嫌ってきた。けれど自分はきっと、心のどこか奥底で、彼女を切り離しきれていないのだ。

なぜなら今、佑季が一番好きなケーキは、あの時食べたシブーストなのだから。

春臣と別れてからの帰り道、佑季は駅からマンションまでをゆっくり歩いた。

空はきれいな夕焼けだ。手を繋《つな》いだ母子が楽しそうに会話しながら通り過ぎて行く。沖津も、あんな風に家族で手を繋いで歩いたことがあるのだろうか。その想像は、佑季を心細くさせた。まるで、世界に自分だけが取り残されてしまったようだ。

不思議だ。

今の生活になんの不満もない。恵まれた場所に住み、恵まれた収入があり、そして出来のいい恋人がいる。それなのに、なぜこんなにも寂しいのか。

一人歩いてマンション前まで辿り着き、佑季は足を止めた。

マンションを囲う植木前に怪しい人影がある。まさか、野口の言っていた怪しげな女だろうかと佑季は警戒するが、よく見れば遠目にも人影は女性ではなかった。

ほっと息を吐くが、たとえ危惧《きぐ》した相手でないにしても、怪しいことに変わりはない。

男は顔の半分をマスクで覆い、植木の陰からマンションの玄関をこそこそと覗き見していた。

「なにをしているんです？」

佑季が後ろから声をかけると、男はびくっと肩を震わせ「えっ、あっ、いや」と意味のなさない言葉を口にしながら振り返った。背が高い。それに目元の彫が深く、年をとっているようだが、マスクを取ればそれなりに整った顔立ちの男に見える気がした。しかし、そんな外見を裏切るように、あからさまに挙動がおかしい。佑季を見て困ったように視線をさまよわせ、おどおどと周囲を見回す。

「おかしなことをしていると警備員に言いますよ」

マンションには二十四時間警備員が駐在している。その気になればすぐに連れてくることができた。

「すみません、すぐ帰ります」

男はさっと佑季に背を向け歩き出す。ところが数歩進んだところで、思い立ったように足を止めて振り返った。

「あの、私がここに来たことは言わないでもらえますか」

「はい？」

「お、怒られてしまうので」

一体、誰に。

しかしそれを確認する前に、男は再び佑季に背を向け、今度は全速力で走りだした。どんどん遠ざかる背中はやがて角を曲がって見えなくなる。

「……なんだったんだ」

不審な男だったが、通報するまではないようにも思える。誰かに危害を与えるような度胸も持ち合わせてはいなさそうだった。

とりあえず、警備員に一通りの報告だけして、佑季は自分の部屋に帰った。

その日、沖津はここ最近では珍しく、早めに帰宅した。

「おかえり」

「あぁ、……ただいま」

襟《えり》からネクタイを抜いて、上着をソファに放り出す。所作がいつもより少し乱暴だ。仕事でトラブルでもあったのだろうか。こんな様子は珍しい。

「今日は、早かったんだな」

沖津はどさりとソファに腰を下ろすと、佑季を見上げた。

「……お前の顔が見たいと思ったんだ」

沖津の言葉に少したじろぐ。例えばベッドの中の睦言《むつごと》であるとか、二人きりで甘い雰囲気である時ならともかく、いきなりこんなことを言い出すなんて、滅多にないことだ。

「どうしたんだ」

溜まっているものがあるのなら吐き出せばいい。そう思って尋ねたが、沖津は佑季をじっと見つめると少し考え込み、「いや、なんでもない」と首を振った。

「……そうか」

落胆を隠すために顔を背ける。

「沖津が疲れてるなら、ケータリングでも」

頼もうか、と最後までは言わせてもらえなかった。

「お前は？」

「……俺？」

「今日はなにをしていた」

一瞬、言葉に詰まる。

「……なにをって、午前中は仕事して、午後は」

春臣に会った。決して意図してのことではなく、佑季に非はない。それでも正直な言葉が出てこなかった。

「散歩したり、気分転換にお茶したり」

言葉を扱うことを生業《なりわい》にしているというのに、情けないことに、適切な説明が出来る気がしない。春臣には沖津のことを色々と聞いてしまった。それを知れば、きっと沖津は愉快ではないだろう。

「楽しかったか？」

「え、まぁ、それなりに」

「なら、いい」

沖津は立ち上がって、佑季の頭をぐいと撫でた。

知っているのだ、と佑季は瞬時に悟った。春臣に会ったことを、沖津は知っている。きっと春臣から聞いたのだろう。

悪いことをしたわけではない。それなのに、僅《わず》かな後ろめたさがどんどん肥大して、胸を押し潰しそうなほどの罪悪感に変わる。

「沖津、」

「肉と魚、どっちが食いたい？」

急な話題の転換に、佑季の口から出掛かっていた言い訳はぐいと喉の奥に押し込まれてしまった。

「え？　……さ、魚」

「じゃあ秋刀魚《さんま》だな」

そう言ってシャツの袖を捲《ま》くり、キッチンに立つ。

佑季はそれ以上食い下がることもできずに、ただ淡々と夕食の準備をする沖津の姿を見つめていた。

食卓に座る頃には、沖津はすでにいつもと変わらない様子になっていた。ただ、佑季の気持ちの切り替えだけがうまくいかない。

思考をどこかに逃がそうと、頭の中で取り留めもないことを考える。長ネギの入った味噌汁《みそしる》を啜りながら、佑季はふと夕方出会った男のことを思い出した。

「そういえば今日、マンションの前に変な男がいた」

「……変な男？」

ぴくり、と沖津の眉が上がる。秋刀魚の身を解していた箸《はし》が止まった。

「どんな男だ？　なにかされたのか？」

矢継ぎ早にやってくる質問に佑季は首を振った。

「声かけたら逃げてったよ。なんか、すごいおどおどした中年の男。マスクしてたけど、顔は整ってたな」

沖津は目を細めて箸を置いた。

「……ちょっと待ってろ」

低い声で言うと、席を立つ。

佑季は驚いて目を丸くした。食事中に席を立つな、という注意は幾度となく耳にしてきたが、その行為を沖津がしたのは初めてだ。沖津はポケットから携帯を取り出し、ベランダへと出てしまう。

佑季は茶碗《ちゃわん》片手に呆気《あっけ》にとられたままガラス戸の向こうでどこかに電話をかける沖津を見ていた。

言っている内容は分からない。けれど沖津は電話の相手に苛立っているようだ。まるで責める相手が目の前にいるかのように、眉を顰め、感情を露《あら》わにしている。その表情はあまり見たことのないものだった。以前、佑季の母親に向けていた顔に近い。

もしかしたら佑季の知らないところで、沖津は何かおかしなトラブルに巻き込まれているのかもしれない。そう考えざるをえない様子だった。

あの男がその相手なのだろうか。だとすれば、男が言っていた相手は沖津だったことになる。

電話を終えた沖津がリビングに戻ってくると、佑季は躊躇いがちに尋ねた。

「……大丈夫なのか？」

「お前はなにも心配しなくていい」

「そうじゃなくて、アンタが」

沖津は携帯を置いて椅子に座り直すと、小さく笑った。

「心配してくれるのか」

当たり前だ、と睨《にら》み付けると、沖津は更に破顔する。

ふいに、昼間会った笑顔を思い出した。

カズオミに似た穏やかで優しい笑み。やはり兄弟だ。沖津もまた、よく似ている。

「悪くないな」

「……なにが」

「心配されるっていうのは」

自分と違い、沖津を心配してくれる人間など山ほどいるはずだ。春臣と話してきた後だからだろうか。そんなことを考えてしまう。

それでも沖津は、こうして佑季に笑顔を向けてくれる。自分の抱えているものなど、ちらりとも見せないで。

とても大切にされているということは分かる。けれど、同時に寂しくもあった。

幼い頃、沖津は春臣にべったりだったと教えてくれた春臣になら、沖津はなにも隠すことはないのだろうか。兄弟にならば、相談もするのだろうか。

不意に不安になって佑季はテーブルの上で拳《こぶし》を握った。

「沖津、アンタさ」

「なんだ」

もう少し、佑季を内側に入れてくれてもいいじゃないか。自分は恋人なのだ。家族でなくとも、そこには特別な絆《きずな》があるはずだ。甘えていいと沖津は言った。素直に話してくれれば、自分だって色んなことを言える気がするのに。

「……なんでもない」

結局佑季は、なにも言うことが出来なかった。

3

その日も、沖津は帰りが何時になるか分からないと言って、仕事へ行った。とはいえ、今日が終われば土日になる。今週はどちらも家にいられると言っていた。色々と胸につかえていることを訊くチャンスかもしれない。自分のことを話すチャンスでもある。
佑季はそっと沖津の部屋に向かった。電気をつけると、ぱっと室内が照らされる。
去年の今頃、ここはいくつかの家具が置かれただけの寂しい部屋だった。それが当たり前
だった。今は違う。机、本棚、ベッド。全てに人の気配がする。沖津の匂いだ。
机の上には仕事関係の本が積み上げられていた。文系の佑季には一見しただけでは理解の出
来なさそうな、薬品関係のものばかりだ。ぱらぱらと捲《めく》ってみるが、馴染《なじ》みのないカタカナの
単語や数式ばかりが並んで、一行も理解出来そうにない。
窓の外はもう暗い。開きっぱなしだったカーテンを閉めて、佑季はベッドに座った。そのま
まぱたりと横に倒れ、枕《まくら》に顔を埋める。
カズオミ、と懐かしい名前を呼ぶ。
「……カズオミ、なんだか色々、難しいな」
人間関係には波があるものだ。佑季だって分かっている。ただ、それが沖津にも当てはまる
とは、これまで考えたことがなかった。
沖津はどこまでも優しい。お互い相手を想い合っているという自信もある。それなのに、歯
車が上手く噛《か》み合わない。
他人との距離の取り方なら嫌と言うほど心得ていた。けれど、距離を詰める方法は知らな

い。

「カズオミ、お前がいたら背中を押してくれたのに、って考えるのは、甘えだよな」

それに、もう大丈夫だと思ったから、カズオミは消えたのだ。ここにいないという事実自体、カズオミが佑季に大丈夫だと言っているはずだ。それなのに、自分はこんなにぐずぐずと立ち止まって、いちいち鬱陶《うっとう》しいことを考えている。

物語のように、ハッピーエンドの文字が全てを締めくくってくれたらどんなに楽だろう。

こんなことが、この先ずっと続くのか、それともどこかで終わるのか。

どこかで変わっていかなければならないのだろう。でも変わることは、不安と恐怖を伴う。

沖津はすごい。佑季の言葉ひとつで、あんなにも変わったのだから。

枕をぎゅっと抱き締める。しばらくそうしていると、インターフォンが鳴った。

佑季は緩慢《かんまん》な動作で身体を起こす。恐らく宅配だろう。数日前に、ネットで資料を注文していた。そうでなければまた牧村が来てくれたのか。

そんな風に楽観的に考えながら、リビングに行って画面を確認し、佑季は息を呑《の》んだ。

そこには、女が立っていた。黒くて長い髪の女。

ぶわりと全身に冷や汗が浮かぶ。

ごめんなさい、ごめんなさいと繰り返した彼女は、一年前に、もう二度と佑季に近づかないと誓ったはずだ。

どうしてここに彼女がいるのか。

どうしていいか分からずに固まっていると、もう一度インターフォンが鳴った。二度、三度。

「ま、待ってくれ」

誰へともなく、佑季の喉から縋《すが》るような声が漏れた。

彼女はかつて佑季の部屋に無断で上がり込んで好き勝手していたのだ。今回も同じ行動に出ない保証はない。このまま放置したところで、好転はしないだろう。

恐る恐る通話のボタンを押した。

「は、はい」

女がぱっと表情を輝かせた。カメラを覗き込む、黒い瞳がこちらを見ている。

「ああ、よかった。佑季先生！」

「……帰って下さい」

出来るだけ平坦《へいたん》な声を出したつもりが、語尾だけ少し震えた。

「あの、先生の新刊読んだんです。それで、それで一言感想だけ伝えたくて」

わざわざこの場所を調べたのか。

「それに、二年前のことも謝りたくなって。あの時は、どうかしてました」

これでは、その二年前の繰り返しだ。彼女の目はあの時と同じだった。必死で、盲目的。

「あの、迷ったんです。先生は私にお会いするの、嫌かなって。何度も何度も諦めて、でもどうしても諦め切れなくて」

女の後ろを、マンションの住人がかなり不審な顔をして通り過ぎた。このままだと周りに迷惑を掛け兼ねない上に、建物の中にまで入って来られる可能性もある。

佑季はぐっと拳を握りこんで覚悟を決めた。

「今、降りて行きます。そこで待っていて下さい」

いざとなれば、入り口近くには警備員がいる。この時間は人通りもそこまで少なくない。少し話して女を落ち着かせてから、以前世話になった弁護士の渡井《わたらい》に連絡を取るしかない。

二年前、渡井は今後一切佑季に近づかないという誓約書を作り、彼女にサインさせていた。きっとなんとかしてくれるだろう。

マンションの玄関まで下りていくと、女はオートロックの入り口前で佑季に手を振った。少しも悪いことをしているという様子はない。

佑季は女に近づくと、ぐっと睨み付けた。

「あなたのお気持ちは分かりました。もういいですから、帰って頂けませんか」

「やっぱり二年前のこと、怒ってらっしゃいますか」

あの時は怒るというより、怖かった。もうあんな思いは懲《こ》り懲《ご》りだ。それに今、佑季のそばには沖津がいる。彼に心配や迷惑をかけるようなことは極力避けたい。

佑季の思考を読んだように、ふと女が言った。

「佑季先生って、男の方と暮らしてらっしゃるんですね」

マンションの高層階をじっと見上げる瞳は、なにを考えているのか分からない。

「この住所を調べてくれた興信所の方が仰《おっしゃ》ってました。製薬会社の営業課長さんで、ずいぶん優秀な方だって」

佑季は恐怖を忘れて、女の肩を掴んだ。

「あいつになにかする気か？」

沖津に直接被害が及ぶ。そんなことは絶対に許せない。

けれど佑季の声などまるで聞こえないかのように、女は勝手に言葉を続けた。

「先生は幸せなんですか？　それで？　男同士でなんて、異常です。こないだの新刊だって、普通に男女のお話だったじゃないですか。男女だってうまくいかないことなんてたくさんあるのに、ねぇ」

言っていることは支離滅裂《しりめつれつ》で、意味が分からない。

「ねぇ、どうしてっ」

女は突然声を荒げて、肩を掴んでいた佑季の手を逆に掴み返した。

「――っ」

長く伸びた爪が手の甲に食い込む。

これ以上は危険だ。無理やりにでも手を振り払って警備員を呼ぶしかない。そう思い、佑季がぐっと腕に力を込めた時、

「なにをしているんだっ」

いきなり聞こえた怒鳴り声に、佑季と女は揃って驚く。

振り返ると、二人の足元から続く階段の下に、男が立っていた。数日前に見た、マスク姿の中年男だ。けれど、あの時のおどおどした雰囲気はどこにもない。

男は肩を怒らせて大股《おおまた》で階段を上ってくると、細い指を佑季から引き剥がした。

「きゃっ」

「君は彼に近づかないと約束しているはずだろう！」

すごい剣幕で怒鳴りつける。

女は大きな目でぱちぱちと瞬きした後、ぶわりと涙を浮かべて身体を震わせ始めた。

まるで突然我に返ったように、狼狽《ろうばい》し始める。

「ち、違うんです。先生の本を読んだら会いたくなって、それで」

違うんです、違うんです、と繰り返した後、小さな声で「怒らないで」と言って顔を伏せる。

突然、目の前にいた得体《えたい》の知れない女が、まるで迷子の少女のように見えた。

感情の制御がうまく出来ない子なのだと、彼女の両親は言っていた。カウンセリングに通わせて、決して以降関わらないようにさせますからと、何度も頭を下げられた。娘思いの、いい

両親だった。あの両親に免じて、佑季はこの女を訴えなかったのだ。

「……タクシーを呼びます」

佑季の声に女がはっと顔を上げた。

「あの、私」

「ご両親はこのこと、知らないんじゃないですか」

女は唇を噛んだ。涙の浮いた瞳は、なにかを言いたげだ。けれどそれを聞くのは佑季の役目ではない。聞いてしまえばきっと、また彼女は暴走するだろう。

佑季はことさらに冷たい声を出した。

「帰ってください」

女は佑季をじっと見つめた。そこに、いつかの母親の顔が重なる。切なげな、悲しげな顔。そんな顔をしないで欲しい。自分にはどうしようもないのだ。

女はやがて、蚊の鳴くような声で「帰ります」と呟いた。

コンシェルジュに頼んでタクシーを呼び、無事に女を乗車させた後、佑季は改めてマスクの男と向かい合った。

「助けていただいて、ありがとうございました」

男は恐縮した様子で両手と首を振った。先ほどまでの覇気《はき》は消えうせ、初めて声をかけた時の雰囲気に戻っている。

「じゃ、じゃあ、私はこれで帰るので」

そう言うとくるりと佑季に背を向け、足早にマンション前の階段を駆け下りる。あっけに取られていた佑季はすぐに我に返り、男の後を追いかけた。

「待ってください！」

階段を下りきった所で男を捕まえる。

「お名前は？」

「の、野森《のもり》と言います」

「沖津の知り合いですか」

野森は沖津の名前に明らかに反応した。

「失礼ですが、どのようなご関係ですか？」

やはり、野森が最初にこのマンションにやってきた日、沖津が電話した相手もまた、野森だったのだろう。ここ数日の沖津の不自然な態度を解き明かす鍵《かぎ》は全て、この男が握っている気がした。このまま大人しく帰すわけにはいかない。

野森が黙り込み、膠着《こうちゃく》状態に陥《おちい》ってしまう。

どうしたものかと思考を巡らせていると、その場には不似合いな、やけに明るい電子音が鳴った。野森が携帯電話を取り出したので、佑季は「どうぞ」と頷く。

「……もしもし。あ、はい。野森です」

野森は佑季をちらりと横目で確認してから、マスクをずらしながら背を向けて声を潜めた。

「……君と話し合う前に、もう一度きちんと会っておきたくて、その、また……マンションに……。いや、だって君、なかなか会わせてくれないし。今日だってすぐ帰るつもりで。……わ、分かってる。渡井くんも一緒なんだろう。待たせて悪かったよ」

野森の声がどんどん弱々しくなる。先ほど女に怒鳴りつけていたことが嘘のようだ。

「今、一緒で……そんな怖い声出さないでくれよ。わ、悪かったよ。でも、女性にまとわりつかれてて、君と渡井くんからストーカーの話を聞いていたもんだから、つい」

電話口から喚《わめ》き声が聞こえた。なにを言っているかは分からないが、相手はかなり声を荒げたようだった。携帯を耳から離しながら、野森は一層困った様子で話し続ける。

「か、帰ったよ！　タクシーを呼んでもらって、それで……そ、そんなこと私に言われたって、分からないって……」

野森の言葉を最後まで聞かず、相手は電話を切ったらしかった。

「ど、どうしよう」

野森が振り返って、佑季に縋るような目を向けた。マスクを取った顔を初めて見たが、やはり予想通りなかなか整った容姿の男だった。ただ、表情のせいでひたすらに情けなく見える。あまりにも情けなさ過ぎて、見ているこちらが気の毒に感じるほどだ。

「どうしたんです」

「お、沖津くん、今から来るって」

佑季は目を丸くした。

「沖津が？　電話の相手は沖津だったんですか？」

「わ、私は帰る」

「駄目です、説明して下さい！」

逃げようとする野森の肩を掴み、押さえる。野森は何度か懇願するように頭を下げたが、佑季は譲らなかった。

どれくらい二人でそうしていただろうか。

やがて一台のタクシーがやってきて、マンションの前で止まった。

「佑季！」

降りてきたのは、沖津だ。珍しくずいぶん慌てている。

沖津は真っ直《ます》ぐ佑季の下に駆け寄ってくると、周囲の目も気にせずに思い切り佑季を抱きしめた。

「お、おい、沖津」

「大丈夫だったか？　なにがあった」

佑季の非難などまるで無視だ。けれど抗議代わりに背中を叩くと、少し力が弱まる。

「一言じゃ説明出来ないんだけど、とりあえずこの人が助けてくれたんだ」

沖津は佑季を胸に抱き込んだまま、まるで眼中に入っていなかったらしい野森を見た。けれど、沖津の目に、佑季を助けてくれたことに対しての感謝はない。むしろ野森を咎《とが》めるような、鋭さがあった。

「野森さん、本人の意志を確認してからでなければ会わせられないと、あれほど言いましたよね？」

野森が項垂《うなだ》れる。

「す、すまない」

エンジンの音を響かせていたタクシーが、走り去っていった。タクシーがいなくなった道路脇《わき》に、スーツ姿の男が立っている。筋肉のついた大きな身体に、顔を覆う髭。熊のようなその男の顔を、どこかで見たことがある気がした。

佑季が思考を総動員して記憶を探っている間に、男は近寄ってきて「まぁまぁ」と、その場の空気を和らげるように笑った。

「沖津くん。それくらいにしてやれよ。野森さん、完全に萎縮《いしゅく》してるじゃないか。相葉くんも状況を把握できていないようだし」

ねぇ、と水を向けられて、佑季ははっとした。

「渡井さん⁉」

ストーカー騒ぎの時に世話になった、牧村の友人、弁護士の渡井だ。よく見れば、胸元に弁護士バッジが光っている。

「そうそう！　覚えていてくれて嬉しいよ」

記憶がじわじわと蘇ってくる。大きな身体に反して、相手が油断せざるをえないような笑顔。まるで弁護士に見えないが、仕事をさせたら優秀な男だった。

かなり世話になったが、ストーカーの一件が解決してからこちら、一度も会うことはなかった。その渡井がなぜここにいるのか。

一瞬、まさかストーカーのことを察してと思ったが、ありえない。佑季は女に再会したことを誰にも言っていなかったのだ。けれど、だとすれば、ますます渡井の登場に説明が付かなくなる。しかも、渡井は沖津と一緒にいたのだ。

「相変わらず綺麗だねぇ。いやぁ、目の保養、目の保養」

「渡井さん」

沖津が低い声を出す。まるで敵を威嚇《いかく》している獣のようだ。渡井は頭を掻いて苦笑した。

「しばらく会わないうちにずいぶんな男とくっついちゃったねぇ。牧村にも聞いてはいたが、こりゃ本当に俺の入る隙《すき》はないなぁ」

いつだったか牧村に、渡井はかなり佑季を気に入っていたようだと言われた。佑季は本気にしていなかったが。あながち冗談でもなかったらしい。かといって、それほど落ち込んだ様子はない。軽く「残念だなぁ」と呟くと、表情を引き締めた。

「それはそうと相葉くん。ストーカーがどうのと聞いたけど、まさかあの時の？」

「はい」

「参ったなぁ。ストーカー行為ってのは再発しやすいから気をつけてくださいって口をすっぱくして言ったんだけどな。僕、今度ちょっとご両親のところに行ってみるよ」

「いいです。なにかされたわけではないし」

佑季は首を振ったが、沖津が口を挟んだ。

「家まで押しかけられただろうが」

確かにその通りだが、帰り際の女の様子を思い出して、佑季は首を振った。

「大丈夫だと思うよ」

「なにが大丈夫なんだ。だいたい」

「あの、私は帰っていいでしょうか」

控えめに割って入った声に、すっかり忘れ去っていた野森の存在を思い出す。六つの目を同時に向けられた野森は、まるで追い詰められた小動物のように落ち着かない様子だった。

「いや、なんだか私はいない方がいいような雰囲気ですし」

沖津は野森を睨み付け、呻《うな》るような声で言った。

「……また後日連絡します」

「おや、いいんですか？」

渡井が野森と沖津を見比べる。沖津は渋々といった態《てい》で頷いた。

「とりあえず、今日はもういいです。さっさと帰ってください」

にべもない。

他人に対してこんな態度を取る沖津を、佑季は初めて見た。

「……あの、沖津くん、すみませんでした」

「謝罪で済めば世の中、渡井さんみたいな職業の人はいないんですがね」

「そりゃそうですね！」

渡井の明るい笑い声が夜の空に響く。

理由は分からないが、とにかくこの場に渡井がいてくれて助かった。

「じゃあ野森さん。お送りしますよ。と言っても、タクシーは帰しちゃったし、駅まで歩きますか」

「はぁ」

「相葉さん。今度、一緒にご飯でも。牧村と、そこの怖い顔してる恋人も一緒にね」

大きな身体の渡井と、憔悴《しょうすい》したように身体を小さくしている野森が並んで歩いて行く。野森は最後に一度だけちらりとこちらを振り返ったが、そのまま渡井と一緒に去って行った。

残されたのは佑季と沖津だ。どちらともなく互いを見て、視線が絡む。

訊きたいことが山ほどある。言わなければならないことも。けれど、どう訊いていいか分からないし、どう言っていいかも分からない。

「とりあえず、帰るか」

「……うん」

マンションに戻り部屋に入ると、沖津は佑季の手を取った。

「これ、どうした」

手の甲の赤い痕《あと》から僅かに血が滲んでいた。女に掴まれた時の爪痕《つめあと》だ。

「掴まれて」

沖津の眉間に皺《しわ》が寄る。小さな舌打ちに佑季は驚いた。沖津が舌打ちするところなど、今まで見たことがなかった。

「これくらい、どうでもいいよ」

「お前が良くても、俺は嫌なんだ」

沖津は無理やり佑季をソファに座らせると、キャビネットから救急箱を取ってきた。

「大げさだ」

こんなのはすぐに瘡蓋《かさぶた》になる。

「いいから、じっとしていろ」

消毒液が泡になって傷口に染み込んでいく。少し染みたが、佑季は黙って沖津を見ていた。

「お前には、準備が調ってから話そうと思ってたんだ」

なにをと訊く必要はなかった。

「あの野森という男に、見覚えはあるか」

「さぁ？」

手の甲から垂れた消毒液を丁寧に拭《ぬぐ》い、大き目の絆創膏《ばんそうこう》を貼り付けると、沖津は手当てした佑季の手を両手で優しく握り込んだ。

「お前の父親だ」

佑季は瞳を瞬かせた。沖津の言葉を噛み砕いて理解するまでに少し時間がかかった。

「……なに、馬鹿なこと言ってるんだ。いくらなんでも父親の顔を忘れたりは、」

そこまで言って、言葉を呑み込む。

父親が佑季を置いて家を出て行ったのは十歳の時だ。元々あまり家にいない父親ではあったが、それまでは一緒に暮らしていた。赤ん坊や幼児だったわけではないのだから、そんな相手の顔を忘れるはずがない。はずがない、と思うのに、どうしても思い出せないのだ。遊んでもらったことや怒られたこと、褒《ほ》められたことだってあったはずなのに。

「でも苗字《みょうじ》が……」

「再婚相手のものだそうだ。お前の母親……と言っていいのか分からないが、あの女とは家を出てすぐに離婚していたそうだ」

初耳だった。決して離婚に応じるような女ではないと思っていた。

彼女は相葉という苗字を今も使い続けている。それは未練だろうか。男はとっくに、そんな名前は捨てているというのに。

挙動不審だった野森の顔を思い出してみるが、やはりぴんとこない。けれど野森は怒っていた。佑季に対して縋る女に、怒鳴りつけていた。あの時の様子が、どこか頭の奥の方にある小さな記憶の影と重なった。

「初めは牧村に相談したんだ。そうしたら、あの渡井という男を紹介された。渡井の信用出来るという業者に頼んで、探し出してもらったのが、あの野森だ。書類も揃ってる。見るか?」

佑季は首を横に振った。紙の上でどれだけ証明されても、現実感が伴うとも思えない。もう二十年近く会っていなかった他人でしかない男よりも、もっと気になることがある。

「なんでそんなことしたんだ」

沖津は握っていた佑季の手をじっと見つめ、ゆっくりと告げた。

「お前に、俺だけがいればいいなんて言わせたくはない」

あぁ、と佑季の唇から溜息にも似た声が漏れた。

確かに自分は、そんなことを言った。確かあれは、担当の井上から原稿依頼の電話が来た夜だった。

カズオミ相手ならば、それでもよかったのかもしれない。けれど沖津はカズオミではない。佑季の作り出した幻想ではなく、生身の人間だ。そんな風に依存して、受け入れられるなんて保証はどこにもなかった。負担に思われても仕方がない。

「……ごめん」

手が震えた。触れていた沖津にはすぐにそれが分かっただろう。沖津は握る両手に力を入れ、俯きかけた佑季の顔を覗き込んだ。

「勘違いするな。お前が本当にそう思っているなら、それでいい。お前が俺だけを見て、俺だけしかいらないというなら、俺にとってこんなに都合のいいことはないんだ」

沖津の目は真剣だ。あまりにも強い眼差《まなざ》しに、身体がぴりぴりと痛む。

「だけど、お前は違うだろう」

「違うって……」

「家族愛なんて分からないと言ったな。あの時のお前は、俺が今まで見てきた中で一番つらそうな顔をしていた」

そんな自覚はなかった。佑季は本当に、沖津がいればそれでいいと、そう思っていた。それとも、無意識のうちにそう思い込もうとしていたのだろうか。カズオミに対してそうであったように。

「それで探したのか、父親を。なんで言ってくれなかったんだ。ここのところずっと忙しそうだったのは、仕事じゃなかったんだな？」

「仕事もあった。ただ、仕事以外で余計に走り回っていて、お前に寂しい思いをさせたのは謝る」

「……別にさびしくなんか」

なかった、なんて言ったら嘘になる。

「言えなかったのは……自信がなかったんだ。俺のしていることがお前にとって、本当に良いことなのか。いたずらに、過去の傷を掘り起こすだけになりはしないか」

佑季は苦笑した。

「アンタでも自信がないなんてあるんだな」

「俺は、お前に関しては自信なんて持ったことがない」

普段あまりにも自然すぎて忘れがちだが、沖津の自信に溢れた態度に多少の虚勢が混じっていることは知っている。けれど、こうも臆面《おくめん》もなく言われてしまうと反応に困る。誰に何を言われても揺るがない男に見える沖津が、こんな風に素を曝《さら》け出すのは自分だけだと思うと、心がくすぐったくてどうしていいか分からなくなる。

「探し出して、相手が母親みたいなクズだったら一発殴ってそれで終わりにしようと思った。それで俺が、俺だけが心置きなくお前を独り占めして、大事に甘やかしてやろうってな」

けれど野森という男に会って、沖津は迷ったのだろう。佑季も、あの男が悪い人間だとは思わない。少なくとも、自分を助けようとしてくれた時の野森は、佑季に対して何かしらの感情を抱いているようだった。

「なぜ野森がお前を置いて行ったか知っているか」

佑季は首を振る。考えたこともなかった。むしろ、考えないようにしていたのかもしれない。

「借金があったらしい。それもかなりの額の。それに、アルコール依存症の気もな、自分が連れて行ったのでは、お前の人生をダメにしてしまうと思ったんだそうだ」

それは本当のことなのだろうか。実際は佑季のことなど、どうでも良かったのではないだろうか。そう考える傍《かたわ》ら、佑季の名前を呼んだ野森の必死な顔が脳裏に浮かぶ。

けれど、だからと言って、自分を捨てたことを恨んでいないかと尋ねられれば、頷くことは出来ない。

沖津に出会い、そしてカズオミと過ごすようになるまで、佑季はずっと父親の存在を求めていた。母親に罵倒《ばとう》されるたび、ここに父親がいてくれたらと思った。けれど、決して迎えに来てはくれなかった。

「夫婦の仲もうまくいかず、追い詰められて逃げたんだと言っていた。お前を頼むという書置と離婚届を残してな」

残された者の気持ちを少しも考えない所業だ。母親はなにを思っただろう。

それでも彼女は離婚に応じ、佑季を育てた。

しばらく、二人の間に沈黙が落ちた。

「お前にどうしてやるのが一番いいのか、悩んだ。俺はカズオミのようにお前の全てが分かるわけじゃない」

「沖津とカズオミを比べたことはないし、カズオミのことはもう整理をつけてる」

佑季はきっぱりと言い切ったが、沖津は少し逡巡《しゅんじゅん》した末に、恐らく自分からは言うつもりではなかっただろうことを切り出した。

「兄に会っただろう」

やはり、知られていたのだ。

「どう関係するんだよ」

佑季は少し怯《ひる》んだが、あえて強い口調で言い返した。

「似ているだろう、カズオミに」

「でもカズオミじゃない。似ていても、それだけだ。気になったし、懐かしくなったのは本当だけど、でも、」

どう言えばいいだろう。どんな言葉で伝えれば分かってもらえるだろう。

春臣と話していて、気になるのは沖津のことばかりだった。沖津のことを楽しげに話す春臣に、嫉妬めいた感情さえ抱いた。いや、あれは嫉妬だったのだ。自分より沖津に近い存在に、理不尽な怒りと寂しさを覚えていた。

「俺が沖津のお兄さんと会ってたことを話せなかったのは、ただ、沖津にそんな風に誤解して欲しくなかっただけだ」

ただでさえ、沖津はカズオミに引け目を感じているところがある。自分のせいで消えてしまったのだとでも思っているのではないだろうか。

カズオミは、ただ役目を終えただけだ。

「お兄さんに沖津のこと色々聞いたのが後ろめたかったたっていうのもあるけど」

佑季は沖津の手を振りほどいた。

「もしカズオミの欠片《かけら》がどこかに残っているんだとしたらそれは、ここと」

片手を自分の胸に当て、

「ここだ」

空《あ》いた片手で沖津の胸に触れた。

「アンタが現われなかったら、俺は一人だった」

自分の生み出したカズオミとで完結していた。沖津が現れて、佑季の閉じていた世界を開いてくれた。

「父親のことも、まだ分からないけどきちんと考えてみる」

許せることも許せないこともあるだろう。そしてそんな佑季を、きっと沖津は見守ってくれるはずだ。必要なら手助けもしてくれるだろう。

「沖津」

胸に当てていた手を頬に滑らせる。硬い表情だった端整な顔が少し優しく緩んだ。

「ありがとう」

「なにに対しての礼だ」

「俺のこと、好きになってくれて」

そして再び佑季のもとに来てくれて。

沖津が佑季のように自分から踏み込むことの出来ない人間だったなら、今もきっと佑季は一人だった。

「素直だな」

「たまにはいいだろ」

佑季がぷいと顔を逸《そ》らすと、沖津が喉で笑った。ソファから立ち上がり、いきなり佑季の身体を荷物のように持ち上げる。

「な、なんだよ!?」

「素直ついでに、このままベッドまで運ばれろ」

肩の上に担ぎ上げられているせいで、沖津が一歩進むたびにぐらぐらと視界が揺れる。

「なんだよ、この運び方はっ! 大事にとか甘やかすとか言ってただろう」

「そうしてやるさ。嫌ってほど、ベッドの中でな」

沖津は佑季の寝室に入り、佑季をベッドに下ろすと、間接照明を点けた。

「別にいらないだろう、明かり」

「俺が見たいんだ」

そう言うと佑季の上に馬乗りになって、シャツを脱ぎ捨てる。荒々しい動作に、思わず見蕩《みと》れた。

見慣れたはずの沖津の身体だが、こういう行為に及ぶとなるといつも緊張してしまう。そんな佑季を知っている沖津は、緊張を解きほぐすように、いつも優しいキスから始める。

額《ひたい》に、鼻先に、耳朶《じだ》に。

「くすぐったい」

拗ねたような口調で告げると、沖津は低く笑った。佑季のシャツのボタンが外されていく。直《じか》に脇に触られて、ぞわりと下腹部に熱を感じた。長い指が滑っていき、ベルトを外す。勃《た》ちかけた性器が外気に晒《さら》され、佑季は微かに身震いした。

先端を撫でられ、窪《くぼ》みを突かれる。

「んっ、やめ、……そこっ」

沖津の行動を阻もうとした手は容易に纏《まと》め上げられて、シーツに縫い付けられる。同時に喘《あえ》ぎを漏らす唇を緩く噛まれ、抵抗しようとする意識が剥ぎ取られていった。

先走りが濡れた音を響かせる。

「そんな、強く、……するな」

「してない。お前が感じてるだけだ」

いつの間にかスラックスは下着ごとベッドの下に落ちていた。いつもこうだ。佑季だけが先に全てを晒す羽目になる。

「アンタも、脱げよ」

ぐい、とベルトを引く。

「脱がせてみるか」

その余裕が気に食わず、佑季はむきになって沖津の下半身からスラックスを奪い取った。案の定、沖津の屹立《きつりつ》はほぼ完全に勃ち上がっている。

「アンタ、なんでいつもそんな涼しい顔してられるんだ」

「別に涼しい顔なんてしてないだろう」

確かに、瞳は燃えるような熱を秘めている。それでも佑季のように取り乱したりはしないのだ。

「抑えてるんだ。俺がキレたら、大変なのはお前なんだぞ」

それでもいいと思うこともある。むしろ、そうして欲しいと思うことさえ。けれど、口にはできず佑季はぐっと唇を噛んだ。そんな佑季を差し置いて、沖津はナイトテーブルからローションを取り出す。

沖津の手から零れたローションがとろりと佑季の下肢を汚した。てらてらと光るローションに気を取られているうちに、再び沖津が圧《の》し掛かってくる。濡れた指が股を潜り、迷わず後孔を探り当てて、佑季は背を震わせた。

するり、と滑るようにして指が内側へと入り込む。内壁を探る指は慣れた仕草で佑季の感じる場所に辿り着いてしまう。

「ふっ……あっ」

緩やかに押さえられるだけで身体の芯《しん》が熱を持ち、快感が佑季を犯していく。沖津に抱え上げられて宙に浮いた足ががくがくと揺れた。佑季の呼吸に合わせ、指が増える。

「そこ、ばっか……い、やだ」

肩を掴んで訴えても、沖津の指は止まらない。

「いく、から、嫌、だって」

沖津の挿入はいつも丁寧だ。傷つけないように、負担をかけないように一番気を使っている。佑季の快感を引き出しながらも、後孔を丁寧に解していく。丹念に広げられたそこは既にローションでどろどろだ。

「も、いいから」

沖津だってこれ以上は限界のはずだ。それでも窄《すぼ》まりを丹念に広げようとする指を抜こうとしない。焦《じ》れた佑季は腰を揺すり、沖津に昂《たか》ぶりを押し付けた。

「も、はや、く……和臣……っ」

一瞬、沖津の動きが止まる。

「……くそっ」

沖津は短く吐き捨てると後孔から指を抜き、強引に佑季の唇を塞《ふさ》いだ。

「んっ……ふぁっ」

口内を蹂躙《じゅうりん》する舌が熱い。嚥下しきれなかった唾液が口の端を伝った。

「ゆっくり息をしろよ」

僅かに唇を離して、沖津が低い声で囁《ささや》く。

「そんなの、分かっ、てる」

今まで何度、こうしてきたと思っているのか。けれど、その度に佑季は緊張するし、沖津は丁寧だ。

「そう言って、いつも苦しそうな顔をするだろう」

確かに、苦しい。埋め込まれていく熱に快感だけを感じていると言えば嘘になる。けれどそれも最初だけだ。それに、

「最後はいつも、気持ちいい。アンタが全部、俺のものだって思えるから」

沖津が目を瞠《みは》った。

「だから……なぁ、和臣、――あぁっ」

窄まりに、熱が押し付けられる。ゆっくり潜り込んでくる熱に焦れて、佑季は腰を揺らし

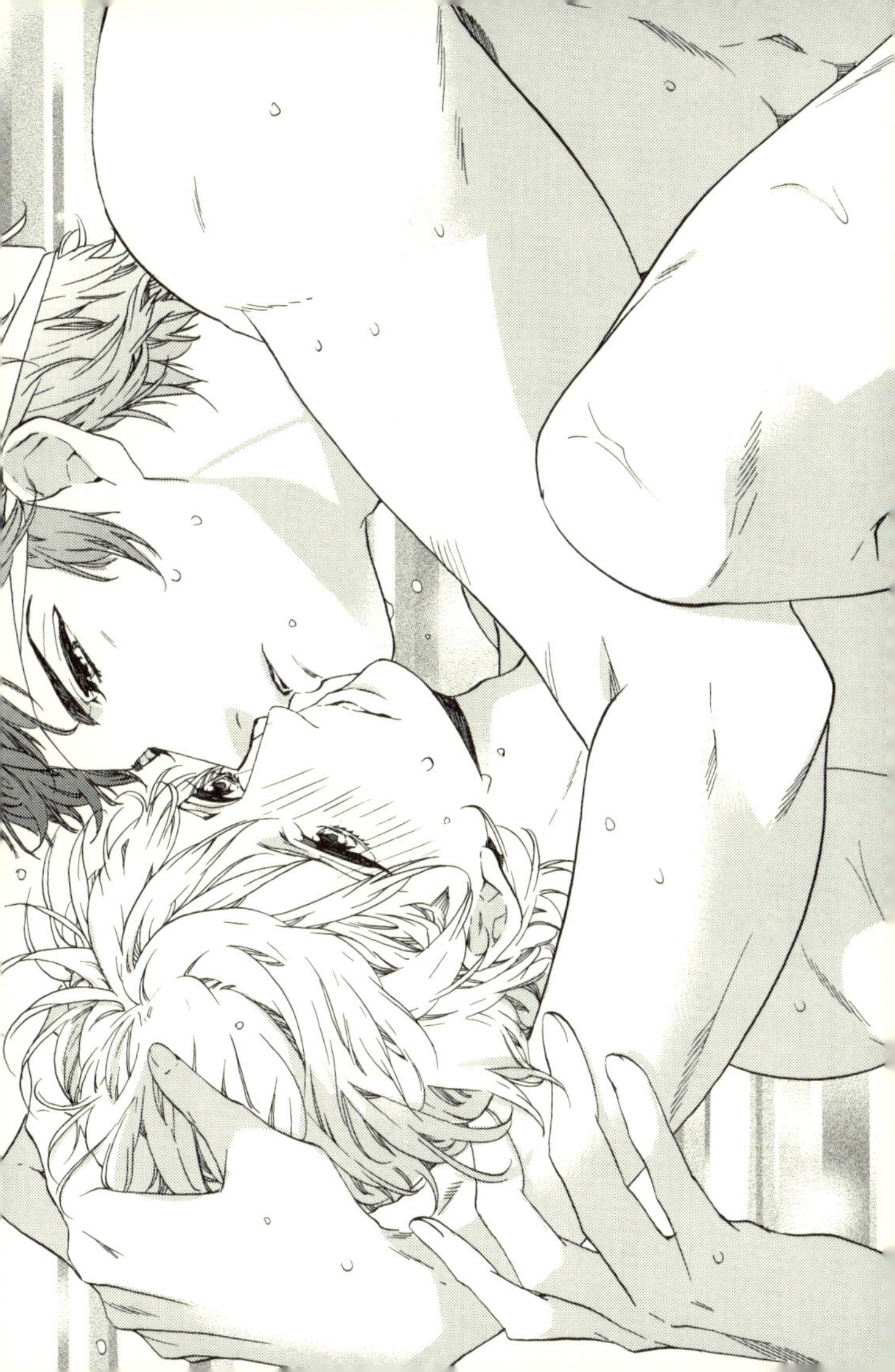

た。

「大丈、夫だか、ら……もっと強く、して、いいっ……んっ」

ぐん、と一気に身体を押し上げられる感覚に、佑季は喉を反らした。沖津が佑季の肩口に額を押し付けて恨めしげに呻いた。

「俺が早漏《そうろう》になったら確実にお前のせいだな」

「なに、言って……あっ、あ、んぁっ」

視界が揺れる。身体が爆発しそうなほど熱くて、思考は快楽にのみ込まれる。しがみ付きながら、佑季はこのまま沖津と一緒くたになってしまうことができればどんなにいいだろうと、夢想した。

4

春の陽気のような笑顔と、冬の寒風のような仏頂面《ぶっちょうづら》が並んでいる。正反対の表情にも拘わらず、どことなく似ているところがおかしい。

「いやぁ、相葉先生ともう一度お会いできて嬉しかったです」

春臣が空になったコーヒーカップを机の端に除《よ》けながら朗らかに言った。

「俺もです」

「ほら、和臣。いつまでも不貞腐《ふてくさ》れてないで」

「別に不貞腐れてはいない」

そう言いながら頬杖《ほおづえ》をつく沖津は明らかに不貞腐れていた。兄弟といる気安さからだろうか。いつもなら傲慢《ごうまん》に見える態度がまるで悪ガキのようだ。

「色々お話も聞けたし、本当に楽しかったです。また機会があればぜひ」

「ええ。もしよろしければ、今度は家に遊びに来て下さい」

佑季の誘いに、沖津は嫌そうに眉を寄せた。

「嫌なのかい？」

春臣はショックだ、と言わんばかりに悲しそうな顔をする。沖津はうっと言葉に詰まった。珍しいことだ。

「……嫌、じゃないが……俺のいる時にしてくれ」

佑季は思わず噴き出した。こっそり睨まれるが、痛くも痒《かゆ》くもない。

回ってきたウェイターが、春臣の除けていたカップを下げていく。

「そろそろ出ましょうか」

日曜のオフィス街ということもあって、店内にはそれほど客はいない。しかし、そろそろ春臣の休憩時間も終わるはずだ。

「そうだね」

春臣が頷くと同時に、どこかで携帯の呼び出し音が鳴った。発信源は沖津のスーツのようだ、沖津がポケットから携帯を取り出して、片眉を上げる。表情から察するに、あまり愉快な相手ではなさそうだ。

「……ちょっと出てくる。兄さん、佑季に変なことを吹き込むなよ」

「はいはい」

いってらっしゃいと手を振る春臣はとても楽しそうだ。

沖津は外に出ると、カフェの入り口で携帯を耳に当てた。目はしっかり、ガラス越しにこちらを見つめている。

「まったく、信用されてないなぁ。僕は」

「そんなことないですよ」

実際、沖津の態度を見ていると分かる。あんな風に寛《くつろ》いだ態度を取る沖津など、佑季は初めて見た。もちろん、家族なのだからそれが当たり前なのだろう。

「されてませんよ。相葉先生と同居してることだって、僕が先生と会わなきゃいつまで黙ってたか分かったもんじゃないと思いませんか？　僕は、相手が誰であろうと頭から否定するような人間じゃないつもりなのになぁ」

「そういうことを心配して黙ってたんじゃないと思います」

ただ単に、沖津は佑季と春臣をなるべく会わせたくなかっただけだろう。それは、もちろん春臣に非があるわけではなく、そして沖津が兄を信用していなかったということでもない。信用されていなかったのは、むしろ佑季だ。信用されていなかったというよりは、心配されていたという方が正しいかもしれないが。

カズオミに依存し切りだった自分を沖津は知っている。仕方のないことだ。

考え込んでいた佑季に春臣が微笑みかけた。

「和臣は先生にとって、どんな存在ですか」

「どんなって」

恋人だということは、この場にやってきて一番に告げた。躊躇いもなく言い出した沖津に佑季はぎょっとしたが、春臣は大して動揺はしなかった。そして、「なるほどね」と笑ったのだ。

「先生、前に会った時、家族というものがよく分からないと言ってたでしょう」

「……そうでしたね」

ずいぶん自分を曝け出してしまったものだ。普段ならありえない。そしてそれが、春臣がカズオミにそっくりだったことに起因しているのだとすれば、沖津の心配もそれほど的外れではなかったのかもしれない。

「家族というその言葉に縛られてはいませんか？」

「言葉に？」

春臣は頷いて自分の左手、薬指を撫でた。そこには銀色のリングが光っている。

「隣にいて、話して、時々喧嘩《けんか》なんかして。そんな当たり前の繰り返しが家族だと思うんですよ、僕は」

ぴんとこない。そんな佑季の内心を読み取ってか、春臣は続けた。

「先生、前ここで一緒にコーヒーを飲んだ時、同居人がうるさいからミルクを入れるようになったって言ったでしょう」

「……えぇ」

「すごく、嬉しそうでしたよ。つまりね、」

春臣の笑みが深くなる。

「そういうことなんだと思いませんか」

すとん、となにかが胸に落ちた。

なぜか目頭が熱くなる。こんな場所で、こんなことで涙を零すわけにもいかず、佑季は唇を噛み締めた。そんな佑季の顔を、春臣は嬉しそうに見つめる。

「あの子、僕が先生に会ったってメールしたらすぐに電話してきたんですけど、開口一番になんて言ったと思います」

「……さぁ?」

見当もつかない。

「あいつを取らないでくれって。それも飛び切りの情けない声で」

「……え」

「びっくりしましたよ。どこがどうなったらそうなるんだって」

佑季も驚きだ。飛躍しすぎにも程がある。

「あんな和臣、初めてでした。きっと先生しか知らない姿が、たくさんあるんでしょうね」

「……そうでしょうか」

血の繋がった兄弟でさえ知らない沖津。もし自分の知る沖津の中に僅かでもそんな一面があるのなら、嬉しい。

「よろしくお願いしますね、和臣のこと」

春臣がぐっと背筋を伸ばして、頭を下げた。佑季は小さい声で「はい」と答えたものの、急に気恥ずかしくなって、沖津を探す。ちょうど電話を終えたらしく、こちらにやって来るところだった。


ちゃぷり、と乳白色のお湯が跳ねる。

「なんで正直に言わなかったんだよ」

向かいでゆったりとバスタブに身体を委《ゆだ》ねていた沖津が肩を竦めた。

「お前が兄に靡《なび》かないか心配で死にそうだってか？　言えるわけないだろう」

「言ってるし」

佑季は顔を半分までお湯に埋めて、ぶくぶくと空気を吐き出した。

こんな風に二人で入浴するのは初めてだ。男二人が向かい合って入るには、少し狭い。が、悪い気はしなかった。

「それにしても俺たち、成長しないよな。きちんと話さなくてすれ違ったのに、また同じようなことしてたんだから」

「人間そうそう変わらないだろう」

当たり前だと言わんばかりの沖津を佑季は睨みつける。

「十年経てば変わるもんだって、再会した時に言ってただろ」

「馬鹿だな」

濡れた前髪を掻き上げて、沖津は鼻で笑った。佑季をこんな風に馬鹿にするのは沖津くらいのものだ。

「変わってたら、ここにいない」

出会った頃、二人は中学生だった。お互い年だけは取り、それなりに経験も重ねたが、根本的なところが少しも変わっていない。

こうして恋人になった今でさえ、小さなことで簡単にすれ違ってしまう。

「けど、少しは変わっていかないと、身がもたない」

「そうだな」

同意の声音は優しい。変わっていくなら、二人で。そう言われた気がして、佑季は密かに小さく笑った。

「そういえば、昼間の電話はなんだったんだ？　結構長かったけど」

「渡井だ。例の女のことで……女の両親が直接連絡取るのはお前が嫌がるかもしれないからと、渡井に連絡が来たらしい」

佑季は眉間に皺を寄せた。

「なんでその報告が俺じゃなくてアンタに行くんだ」

渡井は佑季の電話番号だって知っているはずだ。

「お前に気がある男とみすみす連絡なんか取らせられるか」

つまり沖津が事前に牽制《けんせい》していたのか。

佑季は呆れ返ってしまった。渡井だっていい迷惑に違いない。

「しつこく飲みに誘っていたぞ。牧村と俺とお前、四人でどうしてもって」

そういえば牧村からも数日前に同じようなメールが届いていた。

「いいじゃないか。行こう」

「行こうって簡単に言うが、お前な、あいつらは二人とも……」

沖津は言葉を捜しては言いあぐね、やがて諦めた。

「とにかく、あの女はまた病院通いだそうだ。先月両親が離婚したらしい。それからまた、様子がおかしくなったんだそうだ」

彼女を挟んで頻《しき》りに頭を下げていた夫婦の顔は、もう思い出せない。けれど、どちらも娘のために必死だった。

「俺のせいかな」

二年前のことが原因で家族に亀裂が入ったのだとしたら。そんな想像が頭を駆け巡り、暗い声が落ちる。

「馬鹿言うな。お前はなにも悪くない」

「……うん」

「またぐるぐると余計なことを考えているんだろう」

やめろやめろ、と沖津が言う。けれど、考えずにはいられない。

あの女には、支えてくれる人がいるだろうか。

彼女の気持ちが、今なら少し分かる気がする。

彼女は創作の世界に逃避し、その世界を生み出した佑季に依存した。それは、カズオミを作り出し、依存した自分の姿によく似ている。

佑季には、沖津がいた。彼女には、誰かがいてくれるだろうか。

もしいないのであれば、それは不幸だ。沖津が現われなかったら、きっと自分は壊れたまま幻想を愛し続けていた。

「幸せになれるといいな」

誰もかれも、みんな。

「甘いやつだな」

「甘いついでに、もうひとついいかな」

ここのところ、ずっと考えていたことだった。考えて、答えが出せずにいる。今はまだ心の整理がついていない。それでも、自分の中にある願望をひとつだけ、佑季は掬《すく》い出していた。

「父親も、母親も、許せるかどうかわからない。でも、……許せるようになりたいと思うんだ」

三人で揃って笑うなんて未来は決して来ない。それどころか、それぞれとだって、無理かもしれない。世の中、そんなに上手くいくことばかりじゃない。御伽噺《おとぎばなし》のような大団円なんて、その辺に転がっているはずもない。

それでも、全てを諦めることはしたくない。諦めるな、と沖津は言ってくれた。

「あの人たちはあの人たちで、きっとたくさん傷ついたはずだから」

そんな当たり前のことにも気が付かなかった。自分ばかりがつらいのだと被害者ぶってばかりいた。

きっと憎しみだけでは佑季をここまで育ててはくれなかっただろうと、今になって感じる。微かにでも、どこかに情のようなものはあったはずなのだ。あのシブーストを持って帰ってきてくれた夜、佑季は寂しげな瞳にそれを見た。

沖津は頷いて、佑季を引き寄せた。

「……お前がそう思うならそうすればいい。どんな選択をしたって、俺がいてやる」

沖津の肩に顔を埋めて、佑季は「和臣」と呼んだ。

「なんだ」

促す声は、優しい。

「アンタのこと、俺は家族と思っていいかな」

微かに、声が震えた。そのせいか、ひどく小さな声だったにも拘わらず、いやに反響した。

こんなことを、自分が言う日が来るなどとは、考えたこともなかった。

「……馬鹿だな」

聞きなれた台詞だ。それが肯定であると、佑季はきちんと理解している。佑季は顔を上げて笑った。

「なんかさ、人生って割りと色んなことがあるんだな」

「そんなの今までだってそうだっただろう」

「そうだけど、そうじゃなくて、」

大切な人ができた。その人のことで一喜一憂《いっきいちゆう》して、毎日が忙しい。

きっと、みんなそうなのだ。父親や母親だって、そうだったのだ。

一人一人が生きて、色んなものを抱えて、色んな道で交わっている。

それぞれに、それぞれの不幸と幸せがある。

「あの仕事請けてみようと思うんだ」

「雑誌の……家族愛の話か」

佑季は迷わず頷いた。明日にでも井上に電話をかけてみるつもりだ。

春臣の言っていることは、恐らく当たっていたのだろう。言葉に捕らわれ過ぎて、何も分かっていなかった。望んでも手に入らないものばかりを追い求めていた。

「今なら、書ける気がする」

沖津は口元だけで小さく笑って、佑季の髪を撫でた。しばらくそうして二人、お湯の中で触れ合っていると、沖津の手がお湯の中で佑季の脇腹を擦《さす》った。

不穏な気配を感じて、佑季はぐいと逞《たくま》しい胸板を押す。沖津が目を細めた。不満だと、黒い瞳が訴えている。けれど、こんな狭いバスタブで情事に及ぶなんて真っ平だ。

「腹が減った」

誤魔化そうと言ったつもりだったが、あながち嘘でもなかった。言葉にしたことによって身体が意識したのか、きゅう、と腹の音がする。

夕飯の前に汗を流したいという沖津に乗って二人で入浴してしまったが、普段ならそろそろ食卓についている時間だ。

瞳に微かな欲を宿していた沖津がみるみる呆れ顔になった。

「この状況でよく腹なんて鳴らせるな」

自分でも同じことを思わないでもないが、佑季は沖津の言葉を黙殺し、脱衣所へと逃げる。大きな溜息と共に、沖津が後を追ってきた。

「今夜は、肉がいい。鶏肉《とりにく》」

「モモがあるな。ソテーとか揚《あ》げ、どっちがいい」

「ソテーかな。早く食べたいし」

そんな他愛《たあい》ない言葉を交わしながら部屋着を着て、リビングに向かう。

「できたら呼ぶ。仕事でもしていろ」

冷蔵庫を漁《あさ》り始めた沖津の横に、佑季はぴたりとくっついた。

「なんだ」

「……手伝う」

沖津が少し驚いたように瞳を瞬かせた。

誰かとキッチンに立ったことなど、今まで一度もなかった。もちろん、一緒に入浴したことも。したいと思うどころか、発想さえなかったのは、きっと経験したことがなかったからだ。

そんなことがまだ山ほどあるだろう。そしてきっと、これから少しずつ知っていくのだ。沖津の横で。

「なぁ」

佑季は沖津から離れると、流しで手を洗いながら言った。

「愛してるよ、和臣」

水の流れる音の方が大きかったかもしれない。聞こえただろうか、と振り返ろうとしたところで、大きな腕に後ろから抱き締められる。上を向くと、困ったように眉根を寄せる沖津の顔がある。珍しいことに、照れているらしい。

視線が交わり、どちらからともなく唇を重ねる。

愛してるよ、と繰り返すと、俺もだ、と返ってきた。

ようやく、見つけた。佑季がずっと求めながら、諦めていたものを。

――よかったね。

どこかで優しい声がした。

ならんだ恋のみちゆきに

牧村《まきむら》が空《から》になったビールグラスを店員に渡し、同じものを注文してから沖津《おきつ》に向き直った。

「沖津さんさぁ、そんな心配しても仕方ないよ」

「心配していたわけじゃない」

「うそうそ。眉間《みけん》にすごい皺《しわ》寄ってるもん」

自分を取り繕《つくろ》うことは得意だ。十年以上そうして生きてきたせいで、感情や表情を隠している方が自然であるようにさえ感じる。が、事、佑季《ゆうき》に関するとそうもいかない。会社や取引先の人間が、思っていることが全て顔に書いてあるような状態の今の沖津を見たら、きっと腰を抜かすに違いない。

「大丈夫だって。相葉《あいば》、落ち着いてたし」

「それは、そうだが……」

今日のことが決まった時も佑季は大して動揺しなかった。

沖津は憮然《ぶぜん》とした顔で窓の外に見える反対側のホテルに目を向ける。一階がカフェに、最上階がレストランになっているホテルで、佑季は今、その最上階にいる。血の繋がった実の父親、野森《のもり》と同じテーブルを囲んでいるはずだ。渡井《わたらい》が仲介人として同席している。

佑季が野森と会うと言い出した時、沖津は自分が同席するつもりだった。しかし、当の佑季が渡井を指名した。来るなと言われてしまえば無理やり介入していいような場ではない。結果、沖津は近場の居酒屋で、こうして牧村相手に酒を飲むことになった。

「一緒に来てって、言って欲しかった？」

沖津は答えず、グラスに口をつけた。無言の肯定に、牧村は苦笑する。

「相葉ね、言ってたよ。自分で向き合わないといけないことなのに、沖津さんがいると、甘えちゃうからって」

「……そうか」

「そんな言葉を相葉から聞く日が来るなんて、一年前までは思ってもいなかった。内に籠《こ》もって、自分に甘えて。そもそも以前の相葉なら、野森さんに会うなんて絶対に言わなかった」

カズオミがいればそれでいい。そう言っただろう。それは沖津にも容易に想像が出来た。

店員がビールを持って来て、二人は示し合わせたように黙り込んだ。グラスを牧村の前に置き、空になった皿を下げ去っていく店員の背を見つめながら、沖津は呟《つぶや》いた。

「カズオミにはもっと甘えていたんだろうと思うと、複雑な時もあるが」

新しいビールを一口飲んで、牧村が盛大に眉《まゆ》を顰《ひそ》める。

「まだ拘《こだわ》ってるんだ？　まぁ、初恋引き摺《ず》って会いに来ちゃうくらいだから、執念《しゅうねん》深さは相当なもんだろうけど」

「誰が初恋だと言った」

その通りだが、肯定することも癪《しゃく》で無愛想な声で言い返す。けれど牧村は沖津の言葉など無視して続けた。

「僕も初恋だったんだ」

反撃の言葉を失う。牧村はそんな沖津を見て少し笑った。含みのない笑顔だ。

「嘘《うそ》だよ。初恋はもっと前。ちょっと意地悪してみただけ」

それが本当に嘘なのか、牧村の顔からは読み取ることが出来ない。沖津がなにも言えないでいると、牧村は勝手に話を戻してしまった。

「沖津さんは、相葉がカズオミくんを生み出してしまったのは自分のせいだとでも思ってる？だとしたらすごい自惚《うぬぼ》れだよ。引き金はそうだったかもしれないけど、あれは色々なことが降り積もっての結果だよ。相葉は弱くて、脆《もろ》い。あなたのことがなくたって、別の形で逃げ場を作ってたと思うよ」

牧村の言う通りだ。佑季は、弱くて脆い。けれど昔の沖津は、そんなことは想像もしていなかった。中学時代の彼は、沖津にとって完璧で美しいものの象徴だった。

内に隠した傷に少しずつ思い当たり始めたのは、会わなくなってからだ。虚勢を張れと言った佑季の言葉を真に受けて、強い人間になろうとした。そうして初めて、彼の内面を垣間《かいま》見たような気がした。

何度か、会いに行こうと考えたこともある。けれどその度に、告白したのは冗談だったと笑い飛ばした佑季を思い出して、止めた。沖津もまた弱く、そして自信がなかったのだ。

それでもずっと気になっていた。大学生になっても社会人になっても。誰かの隣で笑っていても、心の隅《すみ》には佑季がいた。

——僕は君の紡《つむ》ぎ出す言葉のようになりたい。

その文章を見た時の衝撃は忘れられない。自分が大切にしていた思い出を、もしかしたら佑季も同じように、宝物のように抱え込んでいるのかもしれない。そんな風に考え出したら、居ても立ってもいられなくなった。大の男が感情に振り回されるなど情けない。けれど十年以上も捨てられずにいた想いは一度漏《も》れ出すと、留《とど》まる術《すべ》を知らなかった。

とは言え、離れていた時間が長すぎる。思い出を美化しているだけで、本人に会えば恋心などすっかり消え去ってしまうかもしれない。冷静に考えれば当然だった。それならそれで、十年も引き摺った想いに決着をつけるだけだ。そう決めて、佑季を訪ねた。そうして再会した瞬間、そんな考えは全て吹き飛んだ。

佑季はあの頃のままで、けれど今の沖津には全く違って見えた。美しくて強いと思っていた同級生は、やはり美しかったが、少しも強くなどなかった。それどころか今にも崩れてしまいそうなほどの危うさを纏《まと》っていた。

当初、沖津は佑季に同居を持ちかけるなど、考えてもいなかった。単純にただ会いたいと思っていただけだ。強引な言い訳を並べ立て、その場に居座ってしまったのは、佑季のそばに居たいという衝動に突き動かされてのことだった。正直、自分でも驚かずにはいられなかった。あれほど無計画に物事を決めたのは、後にも先にもこれきりだ。

一緒に過ごすようになり、沖津は佑季の内面に触れた。それも、奥の奥、一番柔らかくて傷つきやすい部分に。それこそが、カズオミだ。

カズオミという存在を知った時、沖津は驚き、戸惑い、そしてなにより後悔した。自分が弱かったばかりにそこまで追い詰めてしまったのかと。自分の世界に閉じこもってしまった佑季をどうにかしたいとも思った。自分の行動が佑季にプラスに働いたと断言はできない。けれど結果、佑季は一歩先へと踏み出し、そしてカズオミは消えた。

「カズオミが消えてしまった分、あいつが望むくらい、俺はあいつを愛してやりたいし、甘やかしてやりたい」

牧村はじっと沖津を見つめ、やがて諦《あきら》めたような表情で深い溜息を吐いた。

「カウンセラーしてるとね、思うんだ。人って、いつかどこかで絶対に、この人がいるから生きてるって思える人に出会えるんだって」

そう言うと、持っていたグラスを静かに置いた。

「僕ね、感謝してるよ、沖津さんに。本当はやっぱり少し悔しいけど、でもあなたがしてくれたことは、僕には出来ないことだったから。……ありがとうございます」

深々と下げられた頭を前に、沖津はゆるゆると首を振った。

「俺こそ、色々世話になってばかりだ」

一年前も今回も、牧村にはずいぶん助けられた。

そして、今もこうして二人を見守ってくれる。

沖津の言葉に顔を上げると、牧村はにっと笑った。佑季に対してよく見せる、けれど沖津には向けられたことのない表情だった。

「じゃあ僕ら、両思いだね」

「……おかしな言い方をするな」

そう言いながら、沖津の口元も思わず緩む。そこへ、聞き覚えのある声が飛んできた。

「あ、いたいた。牧村、沖津さん！」

振り返ると、店員に案内されて渡井がやって来るところだった。大きな身体の陰になっているが、佑季もいる。

「いやぁ、お待たせしました」

渡井が牧村の横に腰を下ろし、牧村の飲みかけのビールを勝手に攫《さら》う。牧村は呆《あき》れた顔をしたが嫌がる様子は見せず、佑季に視線を移した。

「相葉も座りなよ」

牧村が顎《あご》をしゃくって沖津の隣を指すが、佑季は立ったまま動かない。少し様子がおかしい。

「すまない、また今度、話を聞かせてくれ」

沖津は立ち上がり、財布から紙幣を数枚抜き出すとテーブルに置いた。牧村は肩を竦《すく》め、渡井はにこにこと笑っている。両方とも了解の合図だ。

「佑季、帰るぞ」

腕を引いて出口へと向かう。佑季は黙ってされるがままについてきた。

「どうだった」

居酒屋を出てエレベータを待ちながら訊くと、佑季は「うん」と頷《うなず》いた。

「昔のことを話したよ。……後悔してるって、謝りたいって泣いたんだ、あの人。俺にも、母さんにも謝っても足りないって。また、近いうち会うと思う」

佑季にとって悪い時間ではなかったようだ。沖津は心中でほっと安堵《あんど》の息を吐いた。佑季の様子から、てっきりなにかあったのではないかと野森を恨みかけていた。

「それに、今の家族のこととかも聞いたんだ。相手の連れ子が高校生になる女の子で、俺のファンなんだって。……俺のことは言ってないけど、いずれちゃんと話したいって言ってた」

「そうか」

エレベータが着いて、ちん、と音が鳴る。中は無人だった。

「なぁ、和臣《かずおみ》」

乗り込みながら、佑季が沖津の名前を呼んだ。驚いて振り返ると、佑季は困ったように眉を寄せて小さく笑った。

「俺さ、野森さんと話してる間、ずっとアンタに会いたかった。力いっぱい抱き締めて、俺にはアンタがいるって思いたかった。そう思ったことが、……ちょっと嬉しかった」

沖津の後ろで扉が閉まる。

「まぁ、アンタは牧村とよろしくやってたみたいだけど」

なるほど、それで機嫌が良くなかったのか。

「人聞きの悪いことを言うな」

エレベータが一階に辿《たど》りつく。開いた扉から一歩外に出て、佑季は振り返った。

佑季は今でも決して強い人間ではない。けれど、以前のような危うさは、もう孕《はら》んでいない。瞳に浮かぶのは確固たる意思と、未来を見据《みす》える覚悟だ。捨てきれない弱さは、全て自分が受け止める。再会してからこちら、ずっと心にそう決めてきた。

「帰ろう、和臣」

「……あぁ」

帰ろう。そして佑季の気が済むまで思い切り抱き締めよう。

沖津は佑季の隣に並ぶ。

街灯に照らされた夜の道に、二人分の影が伸びた。

■あとがき■

こんにちは、綾《あや》ちはるです。ありがたいことに二冊目の文庫です。

二冊目の話になった時、担当さんに「『イエスタデイをかぞえて』（前作）のようなちょっと不思議な話をもう一回書いてみませんか」と嬉しいご提案を頂いたのですが、出来上がってみたら前作とは随分違うものになりました。途中寄せて見たつもりなのですが、今になって寄せ方を間違えたような気がしています。

前作より軽い気持ちで読んで頂きたくて、直球な作品を目指したつもりです。

主役の二人とエピソードの一端は、サイト掲載作品から引っ張ってきました。元々、自分の中でどうしても書き直したい作品だったので、リベンジが叶って嬉しいです。といっても、捏ねて捏ねて捏ねすぎて、もはや全くの別物です。共通点を探すほうが難しい…。

前回に引き続き、今回も色んな方にお世話になりました。

まず、挿絵を引き受けて下さった北沢《きたざわ》きょうさま。ラフ画の二人があまりにもかっこよかったため、「中身あれですけど、大丈夫でしょうか？」と担当さんに確認してしまいました。お忙しい中、素敵な二人をありがとうございます。

そして、編集部の皆さま。特に担当さんには感謝が大きすぎて…。時間も余裕もない中、大量という言葉では収まりきらないような修正をして申し訳ありません。もしこの文庫が無事に本屋に並んでいるとしたら、それは全て担当さんのおかげです。本当に、本当に、ありがとうございます。

最後に、ここまで読んで下さった皆さま。

常に全力で書いているのですが、まだまだ手探り状態で試行錯誤の繰り返しです。未熟な私の作品にお付き合い頂き、ありがとうございました。少しでも楽しんで頂けていたら、こんなに幸せなことはありません。

もし、ご意見・ご感想などございましたら、ぜひお聞かせください。

それでは、またどこかでお会いできることを願って。

二〇一三年十月　綾ちはる

初出
「あなたに恋はしたくない」
「あなたに恋をしたあとで」
「ならんだ恋のみちゆきに」
書き下ろし

CHOCOLAT
BUNKO

この本を読んでのご意見、ご感想をお寄せ下さい。
作者への手紙もお待ちしております。

あて先
〒171-0021東京都豊島区西池袋3-25-11第八志野ビル5階
(株)心交社　ショコラ編集部

あなたに恋はしたくない

2013年11月20日　第1刷

著　者:綾ちはる
発行者:林 高弘
発行所:株式会社　心交社
〒171-0021　東京都豊島区西池袋3-25-11
第八志野ビル5階
(編集)03-3980-6337 (営業)03-3959-6169
http://www.chocolat_novels.com/
印刷所:図書印刷 株式会社

CHOCOLAT BUNKO

好評発売中！

イエスタデイをかぞえて

綾ちはる

イラスト・黒沢要

※書き下ろしペーパー付

なぁ、俺が死んだらどうする？

『三島冬至様、お迎えに上がりました』突然目の前に現れた二人組の死神にそう告げられ、大学生の冬至は自分が死んだことを知る。最後に一つだけ願いを叶えてくれるという死神の言葉に冬至が選んだのは、死ぬまでの人生のやり直しだった。自分が居なくなった後の、恋人・椿 武彦の苦しみを想像すると辛い。恋人にならない様、出会った頃の記憶を頼りに再び人生を送る冬至だったが、己の取る行動が尽く裏目に出てしまい——。